心花怒放的**烟火**

余光中跨界序集

余光中 著

海天出版社（中国·深圳）

图书在版编目（CIP）数据

心花怒放的烟火：余光中跨界序集 / 余光中著. —
深圳：海天出版社，2014.11
（余光中文化小语）
ISBN 978-7-5507-1128-0

Ⅰ. ①心… Ⅱ. ①余… Ⅲ. ①序跋－作品集－中国－
当代 Ⅳ. ①I267

中国版本图书馆CIP数据核字（2014）第149644号

图字：19-2014-090号
　　本书中文繁体字版本由台湾九歌出版社在台湾出版，今授权深圳市海天出版社在中国大陆地区出版其中文简体字平装本版本。该出版权受法律保护，未经书面同意，任何机构与个人不得以任何形式进行复制、转载。

心花怒放的烟火：余光中跨界序集
Xinhua Nufang De Yanhuo：Yu Guang Zhong Kuajie Xuji

出 品 人　陈新亮
责任编辑　刘翠文 许全军
责任技编　梁立新
装帧设计　知行格致

出版发行　海天出版社
地　　址　深圳市彩田南路海天综合大厦7-8层（518033）
网　　址　http://www.htph.com.cn
订购电话　0755-83460293（批发）　83460397（邮购）
设计制作　深圳市知行格致文化传播有限公司　Tel：0755-83464427
印　　刷　深圳市新联美术印刷有限公司
开　　本　889mm×1194mm 1/32
印　　张　7
字　　数　110千字
版　　次　2014年11月第1版
印　　次　2014年11月第1次
印　　数　1-4500册
定　　价　39.80元

序

　　本书所收二十四篇文章都是序言，所序对象有自己的书也有他人的书；有一人之书，也有多家选集；有诗、散文、小说、翻译、绘画、书法、辞典、丛书等等。

　　这些序言如果逐一道来，恐怕比写一篇长序更加辛苦，但是其中有三篇不妨一提。陈幸蕙穷十年之功研究我的诗文，六年来先后由尔雅出版社推出了两本《悦读余光中》，分别是诗卷和散文卷，所费心血不下于一部博士论文。我戏称她似乎成了"余光中的牧师"，热心传播"余道"，令我感愧。所以《悦读余光中》两卷出版，义不容辞，我当然得写序以报。不过两书所论原是我自己的作品，因此我出面为之作序，有点像母鸡跟蛋贩一起推销鸡蛋：他序变成了半自序。

　　另外一本是李炜的《书中书——一个中国墨

客的告白》。此书是以英文写成，英文写得很漂
亮，但是英文本迄未出版，却由余珊珊先译成中
文，先后已在台湾和大陆问世。我的序言是根据
他的英文原文写的：这种反常的做法实为出版史
上所罕见，若非仅见。

其实十年来我写的自序、他序、群序还不止
这些。其中自序还应包括王尔德四出喜剧中译本
和在大陆各地出版的各种选集之前言后语。甚至
此刻，我已经答应而迄未兑现的"虚序"，仍有
债未清，思之慊慊。我别无他法，只能告诉未来
的索序人说："暂不收件"。

为了庆我八秩生日，今年活动颇频，其中所
谓学术研讨会已有两场：在徐州的一场由香港大
学和徐州师范大学合办，另一场在台北，则由政
治大学文学院主持，因此论我的文章忽然出现了
好几十篇。在徐州的研讨会上，我在致答谢词时
大放厥词，说什么在文学的盈亏账上，作家是赚
钱的人，而评论家是数钱的人。众学者一时不释。
我进一步说明：作家每写一篇作品，原则上都为
民族的文化增加了一笔财富，但是其值几何，就

需要评论家来评估，也就是数钱了。那一笔"进账"也许很值钱，也许并不值什么钱。也许交来的是一笔贷款，是向别的作家借的，甚至是赃款，向人偷的，也许根本是一把赝币，一叠伪钞，更不幸的，也许竟是一堆过时的废票或者冥钞。同时这一笔钱，币制混杂，一个人数了还不算，还需要更多人来共数，都肯定了才能定值。所以一位作家仅会赚钱还不够，最好还能认钱、数钱，不但数别人赚来的钱，更要能数自称赚来的钱。

余光中
二〇一四年七月于高雄

作 者 简 介

余光中

余光中，台湾诗人、作家。祖籍福建泉州，1928 年生于南京，1947 年考入金陵大学外语系，1948 年随父母迁至香港，次年赴台，就读于台湾大学外文系，后赴美进修，获爱荷华大学艺术硕士学位。返台后，历任多所知名大学教授。一生从事诗、散文、评论、翻译，自称为写作的四度空间。多次获文学大奖，被誉为当代中国散文八大家之一。

第一辑

第一辑

炼石补天蔚晚霞
—— 天津百花文艺版《余光中集》自序

1

五十年前，我的第一本诗集《舟子的悲歌》在台湾出版。半世纪来，我在台湾与香港出版的诗集、散文集、评论集与译书，加上诗选与文选，也恰为五十本。若论创作时间，则我的第一首诗《沙浮投海》还可以追溯到一九四八年。

但是晚到一九八〇年代初期，经过流沙河、李元洛的评介，大陆的读者才开始看到我的作品。至于在大陆出书，则要等到一九八〇年代末期：由刘登翰、陈圣生选编，福州海峡文艺出版社出版的《余光中诗选》，在一九八八年最先问世。迄今十四年间，我在各省市已经出书二十多种，其中还包括套书，每套从三本到七本不等。百花文艺出版社印行的这套，该是包罗最富的了。

　　收入目前这一套《余光中集》里的，共为十八本诗集、十本散文集、六本评论集。除了十三本译书之外，我笔耕的收成，都在这里了。不过散文与评论的界限并不严格，因为我早年出书，每将散文与评论合在一起，形成文体错乱，直到《分水岭上》才抽刀断水，泾渭分明。

　　早年我自称"右手为诗，左手为文"，是以诗为正宗，文为副产，所以把第一本散文集叫做《左手的缪斯》。其中的第一篇散文《石城之行》写于一九五八年。说明我的散文比诗起步要晚十年，但成熟的过程比诗要快，吸引的读者比诗更多。至于评论，则在厦门大学的时候已经开始，虽是青涩的试笔，却比写抒情散文要早很多，比写诗也不过才晚一年。

　　我是在一九四九年的夏天告别大陆的。在甲板上当风回顾鼓浪屿，那彷徨少年绝未想到，这一别几乎就是半个世纪。当时我已经二十一岁，只觉得前途渺茫，绝不会想到冥冥之中，这不幸仍有其大幸：因为那时我如果更年轻，甚至只有十三四岁，则我对后土的感受就不够深，对华夏文化的孺慕也不够厚，来日的欧风美雨，尤其是美雨，势必无力承受。

要做一位中国作家，在文学史的修养上必须对两个传统多少有些认识：诗经以来的古典文学是大传统，"五四"以来的新文学是小传统。当年临风眷顾的那少年，对这两个传统幸而都不陌生：古典之根已蟠蜿深心，任何外力都不能摇撼；新文学之花叶也已成阴，令人流连。不过即使在当年，我已经看出，新文学名家虽多，成就仍有不足，诗的进展尤其有限，所以我有志参加耕耘。后来兼写散文，又发现当代的散文颇多毛病，乃写《剪掉散文的辫子》一文逐一指陈。

早在厦门大学的时期，我已在当地的《江声报》与《星光报》上发表了六七首诗、七篇评论、两篇译文，更与当地的作家有过一场小小的论战。所以我的文学生命其实成胎于大陆；而创作，起步于南京；刊稿，则发轫于厦门。等到四十年后这小小作者重新在大陆刊稿，竟已是老作家了。一生之长亦如一日之短。早岁在大陆不能算朝霞，只能算熹微。现在由百花文艺出版社隆重推出这部《余光中集》，倒真像晚霞满天了。

除了在大陆的短暂熹微之外，我的创作可以分为台湾、美国、香港三个时期。台湾时期最长，又可分为台北时期（一九五〇年至一九七四年）与高雄时期（一九八五年迄今）。其间的十一年是香港时期（一九七四年至一九八五年）。至于先后五年的美国时期（一九五八年至一九五九年、一九六四年至一九六六年、一九六九年至一九七一年），则完全包含在台北时期之中。

　　然而不论这许多作品是写于台湾、香港或美国，不论其文类是诗、散文或评论，也不论当时挥笔的作者是少年、壮年或晚年，二十一岁以前在那片华山夏水笑过哭过的日子，收惊喊魂似的，永远在字里行间叫我的名字。在梦的彼端，记忆的上游，在潜意识蠢蠢欲动的角落，小时候的种种切切，尤其是与母亲贴体贴心的感觉，时歇时发地总在叫我，令浪子魂魄不安。我所以写诗，是为自己的七魂六魄祛禳祷告。

2

　　到二○○○年为止，我一共发表了八百零五首诗，短者数行，长者多逾百行。有不少首是组诗，例如

《三生石》便是一组三首，《六把雨伞》与《山中暑意
七品》便各为六首或七首；《垦丁十九首》则包罗得更
多。反过来说，《戏李白》、《寻李白》、《念李白》虽
分成三首，也不妨当做一组来看。他如《甘地之死》、
《甘地朝海》、《甘地纺纱》，或是《星光夜》、《向日
葵》、《荷兰吊桥》也都是一题数咏。所以我诗作的总
产量，合而观之，不足八百，但分而观之，当逾千篇。

论写作的地区，大陆早期的青涩少作，收入《舟
子的悲歌》的只得三首。三次旅美，得诗五十六首。
香港时期，得诗一八六首。台北时期，得诗三四八首；
高雄时期，得诗二一二首。也就是说，在台湾写的诗
一共有五六〇首；如果加上在《高楼对海》以后所写
而迄未成书之作，则在台湾得诗之多，当为我诗作产
量的十分之七。所以我当然是台湾诗人。不过诗之于
文化传统，正如旗之于风。我的诗虽然在台湾飘起，
但使它飘扬不断的，是五千年吹拂的长风。风若不劲，
旗怎能飘，我当然也是最广义最高义的中国诗人。

自一九八〇年代开放以来，我的诗传入大陆，流
行最广的一首该是《乡愁》，能背的人极多，转载与引
述的频率极高。一颗小石子竟激起如许波纹，当初怎

么会料到？他如《民歌》、《乡愁四韵》、《当我死时》几首，读者亦多，因此媒体甚至评论家干脆就叫我做"乡愁诗人"。许多读者自承认识我的诗，都是从这一首开始。我却恐怕，或许到这一首也就为止。

这绰号给了我鲜明的面貌，也成了将我简化的限制。我的诗，主题历经变化，乡愁之作虽多，只是其中一个要项。就算我一首乡愁诗也未写过，其它的主题仍然可观：亲情、爱情、友情、自述、人物、咏物、即景、即事，每一项都有不少作品。例如亲情一项，父母、妻女，甚至孙子、孙女都曾入诗，尤以母亲、妻子咏歌最频。又如人物，于今则有孙中山、蔡元培、林语堂、奥威尔、全斗焕、戈尔巴乔夫、福特、薇特、赫本、杨丽萍，于古则有后羿、夸父、荆轲、昭君、李广、史可法、林则徐、耶稣、甘地、劳伦斯。梵高前后写了五首。诗人则写了近二十首，其中尤以李白五首、屈原四首最多。

3

我写散文，把散文写成美文，约莫比写诗晚了十年。开始不过把它当成副业，只能算是"诗余"。结果无心之柳竟自成荫，甚至有人更喜欢我的散文。后来我竟发现，自己在散文艺术上的进境，后来居上，竟然超前了诗艺。到了《鬼雨》、《逍遥游》、《四月，在古战场》诸作，我的散文已经成熟了；但诗艺的成熟却还要等待两三年，才抵达《在冷战的年代》与稍后的《白玉苦瓜》二书的境界。

中国文学的传统向有"诗文双绝"的美谈，证之《古文观止》，诸如《归去来辞》、《桃花源记》、《滕王阁序》、《阿房宫赋》、《秋声赋》、《赤壁赋》等美文名著，往往都出自诗人之手。这些感性的散文，或写景，或叙事，或抒情，都需要诗艺始能为功，绝非仅凭知性，或是通情达理就可以应付过去。

一开始我就注意到，散文的艺术在于调配知性与感性。知性应该包括知识与见解。知识属于静态，是被动的。见解属于动态：见解动于内，是思考；表于外，是议论。议论要纵横生动，就要有层次、有波澜、有文采。散文的知性毕竟不同于论文，不宜长篇大论，尤其是直露的推理。散文的知性应任智慧自然洋溢，不容作者炫学矜博，若能运用形象思维，佐以鲜活的比喻，当更动人。

感性则指作品中呈现的感官体验：如果能令读者如临其境、如历其事，就可谓富于感性，有"临场感"，也就是电影化了。一篇作品若能写景出色，叙事生动，感情已经呼之欲出，只要再加点睛，便能因景生情，借事兴感，达到抒情之功。

不过散文家也有偏才与通才之别，并非一切散文家都善于捕捉感性。写景，需要诗才；叙事，需要小说家的本领。而真要抒情的话，还得有一支诗人之笔。生活中体会到的感性若要奔赴笔端，散文家还得善于捕捉意象，安排音调。

一般散文作者都习于谈论人情世故，稍高一些的也能抉出若干理趣、情趣，但是每到紧要关头，却无力把读者带进现场去亲历其境，只能将就搬些成语，敷衍过去。也就是说，一般散文作者都过不了感性这一关，无力吸收诗、小说、戏剧甚至电影的艺术，来开拓散文的世界，加强散文的活力。

所以当年我分出左手去攻散文，就有意为这歉收的文体打开感性的闸门，引进一个声色并茂、古今相通、中西交感的世界。而要做到这一点，"五四"以来的中文，那种文言日疏、西化日亲的白话文，就必须重加体验，回炉再炼。所以在《逍遥游》的后记里我说："在《逍遥游》、《鬼雨》一类的作品里，我倒当真想在中国文字的风火炉中，炼出一颗丹来。我尝试在这一类作品里，把中国的文字压缩、捶扁、拉长、磨利，把它拆开又拼拢，折来且叠去，为了试验它的速度、密度和弹性。我的理想是要让中国的文字，在变化各殊的句法中交响成一个大乐队，而作家的笔应该一挥百应，如交响乐的指挥杖。"

当年的我野心勃勃，不甘在散文上追随"五四"的余韵，自限于小品与杂文。我的诗笔有意越过界来，发展大品与美文，把散文淬炼成重工业。在仓颉的大熔炉里，我有意把文言与西语融进白话文里，铸造成新的合金。

尤其是到了一九六〇年代中叶，一来因为我青春正盛，万物有情；二来因为初在美国驰车，天迥地夐，逸兴遄飞，常有任公"世界无穷愿无尽"之感，但在新大陆的逍遥游之中却难忘旧大陆的行路难，豪兴之中又难抑悲怆，发而为文，慨当以慷，遂有高速而敏锐的风格；三来那几年我对中文忽有会心，常生顿悟，幻觉手中的这支笔可以通灵，可以呼风唤雨，撒豆成兵。于是我一面发表《剪掉散文的辫子》一类文章，鼓吹散文革命，一面把仓颉的方砖投进阴阳的洪炉，妄想炼出女娲的彩石。

不管真丹有未炼成，炉火熊熊却惊动了众多论者。四十年来对我散文的评论约莫可分两派，一派看重前期这种"飞扬跋扈为谁雄"的感性美文，认为真把仓砖炼成了娲石，另一派把这种锐敏之作视为青春痘现象，而强调后期之作醇而不肆，才算晚成。你若问我如何反躬自估，我会笑而不答，只道："早年炉热火旺，比较过瘾。"

4

我写评论，多就创作者的立场着眼，归纳经验多于推演理论，其重点不在什么主义、什么派别，更不在用什么大师的学说做仪器，来鉴定一篇作品，不，某一"书写"是否合于国际标准或流行价值，而是在为自己创作的文类厘清观点，探讨出路。

我虽然也算是学者，但是并非正统的评论家，尤其不是理论家。若问我究竟治了什么学，我只能说自己对经典之作，也就是所谓文本，下过一点功夫，尤其能在诗艺上窥其虚实。文类（genre）的分野与关系，尤其是诗、文，也令我着迷。文学史的宏观与演变更是我熟读的风景，常常用来印证理论与批评。

说得象征些，我觉得读一位船长的航海日志，要比读海洋学家的研究报告有趣。同时，要问飞是怎么一回事，与其问鸟类学家，不如直接问鸟。

我所向往的评论家应有下列几种条件：在内容上，他应该言之有物，但是应非他人之物，甚至不妨文以载道，但是应为自我之道。在形式上，他应该条理井然，只要深入浅出，交代清楚便可，不必以长为大，过分旁征博引，穿凿附会。在语言上，他应该文采出众，倒不必打扮得花花绿绿，矫情滥感，只求在流畅之余时见警策，说理之余不乏情趣，若能左右逢源，妙喻奇想信手拈来，就更加动人了。

　　反过来说，当前常见的评论文章，欠缺的正是上述的几种美德。庸评俗论，不是泛泛，便是草草，不是拾人余唾，牵强引述流行的名家，便是难改旧习，依然仰赖过时的教条。至于文采平平，说理无趣，或以艰涩文饰肤浅，或以冗长冒充博大；注释虽多，于事无补，举证历历，形同抄书，更是文论书评的常态。

　　文笔欠佳，甚至毫无文采，是目前评论的通病。文学之为艺术，凭的是文字。评论家所评，也无非一位作家如何驱遣文字。但是评论家也是广义的作家，只因他评点别人文字的得失，使用的也正是文字。原则上，他也是一种艺术家而非科学家；艺术的考验，他不能豁免。他既有权利检验别人的文字，也应有义务展示自己文章的功夫。如果自己连文章都平庸，甚至欠通，他有什么资格挑剔别人的文章？"高手一出手，便知有没有。"手都低了，眼会高吗？笔锋迟钝的人，敢指点李白吗？文采贫乏的人，凭什么挑剔王尔德呢？

　　我的评论文章或论文体，或评作家，或自我剖析，或与人论战，或为研讨会撰稿作专题演讲，或应邀为他人新书作序。年轻的时候我多次卷入论战，后来发现真理未必愈辩愈明，元气却是愈辩愈伤，真正的胜利在写出好的作品，而不在喋喋不休。与其巩固国防，不如增加生产。所以中年以后，我不再费神与人论战。

倒是中年以后，求序的人愈来愈多，竟为我的评论文章添了新的文体，一种被动而奇特的文体，序言之为文体，真是一大艺术，如果草草交卷，既无卓见，又欠文采，则不但对不起求序的人，更对不起读者，同时也有损自己的声誉，可谓三输，只能当做应酬的消耗品吧。因此我为人作序，十分认真，每写一篇，往往花一个星期，甚至更久，务求一举三得。对求序人、读者和自己都有个交代。希望大陆的读者不要以为这几十篇序言，所荐所谏，多半是他们不熟的作家而草草掠过，因为我写序言，不但对所序之书详论得失，更对该书所属之文类，不论是诗、散文、翻译或绘画，亦多申述，探讨的范围往往不限于一书、一人。

例如《从冰湖到暖海》一篇，就有这么一段文类论："所谓情诗，往往是一种矛盾的艺术。它是一种公开的秘密，那秘密，要保留多少，公开多少，真是一大艺术。情诗非日记，因为日记只给自己看；也非情书，因为情书只给对方看。情诗一方面写给特定的对方，一方面又故意让一般读者'偷看'，不但要使对方会心，还要让不相干的第三者'窥而有得'，多少能够分享。那秘密，若是只容对方会心，却不许旁人索解，就太隐私了。"

又如《不信九阍叫不应》里有一段论到用典："用典的功效，是以民族的大记忆（历史）或集体想象（神话、传说、名著）来印证小我的经验，俾引发同情、共鸣。用得好时，不但可以融贯今古，以古鉴今，以今证古，还可以用现代眼光来重诠古典。用得不好，则格格不入，造成排斥，就是'隔'了……用典亦如用钱，善用者无须时时语人，此乃贷款，债主是谁；只要经营有方，自可将本求利，甚至小本大利，小借大还。"

更如《落笔湘云楚雨》论游记之道："散文多引诗句，犹如婚礼上新娘进场，身边却带了一队更年轻的美女做伴娘，未免不智。同时，在游记之中，无论面对的是日月山川，荒城古渡，或是车水马龙，作者在写景或叙事的紧要关头，都必须拿出真性情、硬功夫来搏其境，逼使就范，而不应过于引经据典，借古人的喉舌来应战。散文里多引述名家名句，恐怕仍是学者本色。"

5

我的一生写诗虽近千首，但是我的诗不全在诗集里，因为诗意不尽，有些已经洋溢到散文里去了。同时，所写散文虽达一百五十篇，但是我的散文也不全在文集里，因为文情不断，有些已经过渡到评论里去了。其实我的评论也不以评论集为限，因为我所翻译的十几本书中，还有不少论述诗、画与戏剧的文字，各以序言、评价或注释的形式出现。这么说来，我俯仰一生，竟然以诗为文，以文为论，以论佐译，简直有点"文体乱伦"。不过，仓颉也好，刘勰也好，大概都不会怪罪我吧。写来写去，文体纵有变化，有一样东西是不变的，那便是我对中文的赤忱热爱。如果中华文化是一个大圆，宏美的中文正是其半径，但愿我能将它伸展得更长。

二○○二年冬至于高雄左岸

《茱萸的孩子》简体字版前言

　　《茱萸的孩子》是我的传记，由傅孟丽女士撰写，纳入台北《天下文化》丛书，于一九九九年一月初版，迄今已逾七年。上海远东出版社即将在大陆推出中文的简体字版，要我为新书写一篇序。

　　我的小诗《乡愁》在大陆流传颇广，能背的人很多。这首诗像是我的名片，一方面介绍了我，另一方面却也遮住了我，使不少读者只见名片而不见其人，很方便地把我简化为"乡愁诗人"，便定了位。其实我一生的作品，散文数百篇，诗已逾千首，除乡愁外，还写过其它许多主题。《乡愁》只是我的门牌，这本《茱萸的孩子》才是我的大门，进得门来，才看得见我的庭院，进得了我的房屋。

　　但是一位作家的传记与其作品实在密不可分。如果传记是作家的外传，则作品可谓作家的内传：作品应该更贴近作家的心灵。透过传记，我们看见作家的生活。透过作品，我们才能窥探作家的生命。不过读者在窥探作家的生命之余，很自然地，也不免想要看看那作家平时是怎样生活的，想看看他身边的家人和朋友，想知道他和社会甚至世界的关系，想知道他不做作家的时候究竟还做些什么。总之，把作品和传记合在一起看，才看得真切，看得立体。

我的艺术思想、人文价值，都在我的评论之中。我的情操与感慨，都在我的诗与散文里，我在母语与外语、白话与文言之间的出入顾盼，左右逢源，不但可见于我所有的作品里，也可见于我所有翻译的字里行间。朋友劝我写自传，我不想写，也不认为有这必要。我觉得，作品就是最深刻的日记，对自己；也是最亲切的书信，对世界。

退一步言，就算我真的提笔写起自传来了，我也不会把什么都"和盘托出"，将一生写成一篇"供词"。那样的自传对传主岂非自表"暴露狂"，而对读者岂非满足"窥秘狂"？凡此恐怕均非纯正的品味。另一方面，傅女士的这本传记，出于她对前辈作家的敬意，却又不免溢美，将我的故事写成了"颂词"。我

既不愿自提"供词"，也只能让她的"颂词"来顶替
了。其中的矛盾心情，我在七年前台湾版的《茱萸的
孩子》前言里，已经表达过了。

尽管如此，台湾版出书已经多年，原来的年表与
著作目录需要补充了。我乃为大陆的新版提供了若干
资料，尤其是近年我在大陆各地讲学与出书的情况。
此外，书中常常提到的我的诗文，与我的生平关系颇
深，为了读者的方便，也增附了一些在新版里。

二〇〇六年七月于高雄

悲喜之间徒苦笑
——序天下文化《余光中幽默文选》

　　文艺复兴时代名著《乌托邦》的作者托马斯·穆尔（Sir Thomas More），是英王亨利八世的重臣，因反对国王擅兼国教之主，被判叛国。他上了断头台，将头放在俎木之上，却将胡须捋开，并说胡子未曾得罪君王。

　　为了原则宁死不屈，已经称得上豪杰了。临刑之际，居然还有心情拿自己的胡子，含蓄而又潇洒地顶了君王一句。可见死者顶天立地，无愧神明。悲剧之中竟翻案出喜剧，壮烈之余竟成全了幽默，托马斯·穆尔就算未写《乌托邦》，也可以不朽了。

　　幽默之为用大矣哉。穆尔斧下不能留头，却也留言。天文学家伽利略保住了命，却也留下了名言。在天主教会的威胁下，他公开放弃了地动之说，却喃喃自语："其动如故！"

幽默感在人性之中是十分可贵的禀赋，并非人人都有。有此天赋的人也自有高下之分：有的得天独厚，慧心能觑破人生世态的种种荒谬，绣口能将神来的顿悟发为妙语，令人解颜。这种人若有彩笔，幽默的文章自然源源不绝，奔赴腕下。

并不是所有的作家，甚至大作家，都具有幽默感。例如米尔顿与雪莱，在这方面并不出众。幽默感不足，不一定不能成就大作家，但是谐趣洋溢的大作家往往更加动人。屈原与李贺都是千古的伤心人，诗中自少幽默。陶潜与苏轼虽不得意，却能苦中取乐，豁达自遣；只是陶潜沉着而苏轼张扬。唐宋八大家之中，其尤大者恐怕应推韩愈与苏轼。两人都兼为大诗人，无愧诗文双绝，更相似的是诗文之中都富于幽默感，而且不惜自嘲。一个人富于幽默感，必定也富于自信，所以才输得起，才能坦然自嘲。

苏轼诗中谐趣不绝，《寄吴德仁兼简陈季常》一首，前八句自嘲更戏友，赏者最多。他在诗中笑陈季常怕老婆："忽闻河东狮子吼，拄杖落手心茫然。"但在散文《方山子传》中，却一改戏谑，把陈季常写成一位豪侠，然后又是隐士。同样地，在《潮州韩文公庙碑》一文中，苏轼推崇韩愈："文起八代之衰，道济天下之溺；忠犯人主之怒，而勇夺三军之帅。此岂非参天地，关盛衰，浩然而独存者乎？"但是到了《登州海市》一诗里，却取笑韩愈："潮州太守南迁归，喜见石廪堆祝融，自言正直动山鬼，岂知造物哀龙钟。"说的正是韩愈从阳山贬所北还，途经衡山，谒岳庙所作的七古《谒衡岳庙遂宿岳寺题门楼》之句："我来正逢秋雨节，阴气晦昧无清风。潜心默祷若有应，岂非正直有感通？须臾静扫众峰出，仰见突兀撑青空。紫盖连延接天柱，石廪腾掷堆祝融。"

苏轼对韩愈的突梯怪异最有共鸣，常相呼应。例如韩愈《石鼓歌》有句："剜苔剔藓露节角，安置妥帖平不颇……牧童敲火牛砺角，谁复着手为摩挲？"苏轼《石鼓歌》便报以"细观初以指画肚，欲读嗟如箝在口"。

古人为文较多述志论道，写诗则较多抒情，包括谐趣。我自己写诗最早，写散文要晚几年。我早期的散文流露幽默的不多；谐谑的戏笔渐多，应该始于中年。所谓"哀乐中年"，其实哀多于乐，需要一点豁达、一点自嘲来排遣。中年的困境往往要用幽默来应付，不能全靠年轻的激情了。

幽默感是与生俱来的，不能刻意培养、苦心修炼。一个人必须敏于观察，富于想象，善于表达，才能超越世俗的观念，甚至逆向思维，反常合道，说出匪夷所思的奇思妙想。幽默家不但有锦心，还得有绣口，始能传后。《世说新语》一则："王丞相枕周伯仁膝，指其腹曰：'卿此中何所有？'答曰：'此中空洞无物，然容卿辈数百人。'"问得有趣，答得更妙。妙在问得形而下，却答得形而上；更在回答始于自抑而终于抑人。不过如此的绣口，尚有赖刘义庆的彩笔始能传后。

幽默常与滑稽或讽刺混为一谈，有时确也不易分辨。大致说来，幽默比较含蓄、曲折、高雅。滑稽比较露骨、直接、浅俗，所以滑稽能打动小孩子，而幽默不能。另一方面，幽默比较愉快、宽容，往往点到为止，最多把一个荒谬的气泡戳穿，把一个矛盾的困境点出。讽刺就比较严重、苛刻，怀有怒气与敌意。讽刺可以用来对付敌人；幽默，却不妨用来对待朋友，甚至情人。史威夫特、萧伯纳、王尔德是生于或长于爱尔兰的三大作家：第一位是重于泰山的讽刺家，第二位是庄谐交作的讽刺家，第三位是轻于鸿毛的幽默家。

　　我的幽默感近于王尔德，天生应该译他的四部喜剧。不过王尔德"正话反说"（paradox）的绝招，我无法练成，就像我无法在高速路上高速倒车。此外，中国的两位现代作家在幽默风格上对我也曾有启发：梁实秋的情趣，钱锺书的理趣都是现代散文高妙的谐趣。

　　《余光中幽默文选》收入我的小品十五篇，长文九篇，共分两辑，都依写作日期编排：最早的一篇《给莎士比亚的一封回信》写于一九六七年，最近的一篇《谁能叫世界停止三秒？》写于二〇〇三年。足见我的幽默文章动笔较晚，比起《余光中诗选》的第一首《扬子江船夫曲》来，足足晚了十八年。其实幽默感出现在我的诗中，在我比较成熟的诗中，例如《梦与膀胱》、《与李白同游高速公路》、《请莫在上风的地方吸烟》等作，已经是中年甚至晚年了。

　　学者常说我的散文多为我诗艺的延伸，却较少论析我散文的谐谑倾向。一九九二年广西的漓江出版社，推出了一本专书，名为《余光中幽默散文赏析》，选出我的二十一篇散文，逐篇加以赏析，由广西师范大学的雷锐教授与向丹、苏锡新合编。一九九九年香港中文大学出版了英国学者卜立德编译的《古今散文英译集》（The Chinese Essay, ed. & trans. David E. Pollard）。此书译了从诸葛亮到袁枚的十五家古文，加上鲁迅到余秋雨的二十一家今文；我的部分是《尺素寸心》与《我的四个假想敌》。卜立德解释他何以选择此二文："《听听那冷雨》也许是余光中最好的散文，展示的正是他炼字遣词的功力，但中国方块字的听觉效果与视觉特色发挥一至于此，译文充其量不过如影追形。于是我改选了两篇侧重谐趣的文章。"

幽默，果真能超越文字障吗？

二○○五年四月二十七日

狸奴的腹语
——读锺怡雯的散文

1

　　半世纪来台湾散文的世界，女作家几乎顶住了半边天。这一群女娲炼出的彩石，璀璨耀目而变化多端，简直不用等"世代交替"了，大约每十年就可见新景登场。人寿以十年为一旬，回顾半世纪女性散文的风景，琦君、罗兰、林海音、张秀亚当为第一旬，林文月当为第二旬，张晓风承先启后，当为第三旬，廖玉蕙、陈幸蕙继起，为第四旬，简媜翻新出奇，为第五旬。至于第六旬轮到谁来出景，则目前尚无定论。

　　虽然论犹未定，有一个人的名字却常被提起：锺怡雯很可能就是那个"谁"。她和丈夫陈大为是近年崛起于台湾文坛的一对金童玉女，在台湾与新马三地所得的诗奖、散文奖——多为首奖——超过了二十项；

从学士到博士，所修的学位也都在台湾的大学取得，不论在文坛或学府都可称一双亮眼的伉俪。

这一对璧人不但同年出生，也同样来自马来西亚，而擅长的文体同样是诗与散文。这样的珠联璧合，又像是两镜交辉，又像是对联呼应，为一九九〇年代的文坛平添了一道"钻面"。

这情景，不由我不联想到二十多年前的温瑞安与方娥真：也是由赤道向北回归的金童玉女。不过这两对之间差异颇大，虽然同归，却成了殊途。当年温瑞安与方娥真来台读书，是把台北当成长安来投奔的，结果在这岛上做了一场古中国之梦。他们组织了"神州诗社"，一面修文，一面练武，高悬李白与李小龙为偶像，有意自塑为巾帼才子、江湖豪侠。他们在台北也都进了大学，可是结社的活动远多于求学。更不幸的是，他们来台时仍在戒严时期，情治单位误会他们的神州情结、民族主义是向往北京，竟将他们逮捕并囚禁了数月。于是"神州诗社"解散，他们的创作也随之受阻。日后温瑞安索性改写武侠小说，方娥真也只见发表小品杂文。

陈大为与锺怡雯一对，就幸运多了。十二年前他们来台，正好解严开始，言路渐宽。两人对中华文化同样向往，却能定下心来，在中文系从大一认真研读到博士，一面更认真创作，踏着文学奖的台阶登上文坛。退则坚守学府，进则侵略文坛，这种稳健的持久发展，终于美满丰收，成就了学者兼作家的双赢正果。

方娥真的才情与文笔均有可观，可惜未能在稳定中求进步、用学养来深耕，而且横遭变故，未能重拾彩笔竟其全功。叶慈曾论柯立基，谓其"有天才而无毅力"。锺怡雯似乎两者得兼，不但力学之余不废创作，而且得奖之余仍颇多产：在奠定声誉的第二本文集《垂钓睡眠》出版两年之后，紧接着就要推出这一本《听说》。

2

《垂钓睡眠》的二十篇散文里，有七篇曾获奖金，《垂钓睡眠》那一篇更连得双奖：命中率非常之高。她的艺术不但遍获痖弦、陈义芝、焦桐等诗人的肯定，更深得散文同行、也是女性杰出作家简媜的赏识。焦桐以《想象之狐，拟猫之笔》为题，为《垂钓睡眠》作序，说锺怡雯"常超越现实逻辑，表现诡奇的设境和一种惊悚之美，叙述来往于想象与现实之间，变化多端，如狐如鬼"。

　　说锺怡雯的文路笔法如狐如鬼，是言重了一点。不过她的艺术像回力球一样，不断在虚实之间来回反弹，倒真能入于诡异，引起惊悚。值得注意的是，她的独创往往在于刷新观点。例如在《垂钓睡眠》一文里，她把失眠倒过来，说成是睡眠抛她而去，追捕不得，却又不甘将黑甜的天机交托给召梦之丸，只有等它倦游而知返。又例如在《芝麻开门》一文里，本来是不慎掉了钥匙，却说是钥匙自己逃走了，逃到电梯底层去寻梦，但底层只有一潭浊水，于是用蒙太奇的叠影，连接上儿时的水井和奶奶的那串钥匙。

　　创意首在造境之安排，境造好了，其它的技巧也就随之而来。不过锺怡雯所造之境多彩多姿，不尽是失眠或失钥匙那么天真。在新书《听说》里，至少有《藏魂》、《失魂》、《凝视》三文营造了超现实的意境。《藏魂》写的是图书馆："整齐有序的书本，宛如一个个编号的骨灰坛，坛子里都装载着作者的魂。"《失魂》写的是作者的魂被诗人的丽句勾去了，竟而流连忘返，所以作者变得失魂落魄。这两篇设计得都很好，但在施行时未竟全功，所以真正诡奇而达惊悚境地的杰作，仍推《凝视》一篇。

《凝视》全篇的张力，聚焦在祖孙两代六目灼灼的对视之中。说得更清楚些，应该是曾祖父、曾祖母目不转睛的逼视、监视、责视，正对着曾孙女敬畏而闪避的眼神。这一对祖先严峻的透视，穿入曾孙女灵魂的深处，令她的童年蠢蠢不安。她尽量避免与祖先的目光交接，但过年时全家要大扫除，家里分配她清理祖先的供台和茶杯：

清扫供台必须站到桌子上，大人站上去不雅，又怕压坏桌子，而我是老大，当时的身高正适合，只有硬着头皮和两老作最近距离的面对面，那感觉颇有些谍对谍的意味……把鸡毛掸子刷到他们脸上时，我还微微地发抖，心里不停地盘算，如果鸡毛逗出了他们的喷嚏，我该往哪儿躲。

清理供台的这一幕，尽管我是节引，仍可谓全文的高潮，但是在恐惧的气氛中却透出滑稽：谍对谍，已经如此，鸡毛搔痒而爆发喷嚏，就更可笑了。祖先的尊严维持了三代，竟然禁不起一根鸡毛的挑弄，这反圣像（iconoclasm）的手势颇有象征的意味。

紧张过久会带来单调，就需要放松。幽默正是浪漫的解药。激情、纯情有如甜食，若要解腻，就需加一点酸。锺怡雯最好的作品，就善于如此调味。例如《垂钓睡眠》里的《惊情》一篇，浪漫的憧憬被一封神秘的情书挑起，却因追求者现身而告破灭，自醉沦为自嘲，舌头上空留酸涩，反而比甜腻更有余味。

又如《听说》一篇，作者平白变成了谣言的苦主，烦恼之余，悟出反应过度实为不智，不如等待尘埃落定，因为"再耐嚼的口香糖，经过长期咀嚼之后，总会甜味尽失"。到了篇末，作者正要就寝，朋友忽然来电话说："告诉你一个消息，你一定要答应保密……"作者立即的反应竟是："说也奇怪，颓累的精神立刻振作，谣言果然和口香糖一样，具有松弛神经的功用。"笑他人爱嚼舌传话如嚼口香糖，轮到自己的时候，也一样是爱嚼的。

3

焦桐在《垂钓睡眠》的序言里，强调锺怡雯惯用的譬喻是一种"拟猫法"。她确是一位非常耽于感性的作家，而在感官体验之中又特别敏于嗅觉、味觉。在《垂钓睡眠》的后记里，她自己也强调："我学会了以气味去记忆。每一个人每一样东西都有它的气息，只要记住了那独特的味道，就等于拥有，我不需要霸占一个容易改变和毁灭的实体。我发现猫咪也有这样的怪癖，难怪我和它们特别投缘，猫咪对我也特别亲密。"

锺怡雯颂猫如诵经，在这本《听说》里仍喃喃不休：《踮》、《懒》、《祝你幸福》、《摆脱》四篇，字里行间尽是狸奴妙妙之音。《祝你幸福》里对那头有六年之缘的雌猫，怜惜时说她像恋母的孩子，纵容时又说她像魏晋的名士，恨不能人猫"终身厮守"。

《摆脱》一文说巷子里的猫全给人毒死了，作者流泪安葬之后，思念过度，竟说："猫咪的影像和声音一直纠缠，我告诉自己，那一定是幻觉，可是却摆脱不了。甚至梦见死去的猫咪又复活了，它们扒开泥土，抖去身上的泥，互相舐净对方的身体，然后全都跑到楼下叫我，喵喵喵，喵喵喵。"

在同一篇里作者难遣猫亡之哀，又忽发奇念，想把猫躯"制成标本。这样半开玩笑的想法吓坏了周遭的朋友，我却认真起来。然而转念一想，标本猫徒留躯壳，或许更易提醒我那只是生命的假象，它们不会叫不会跳，也不会跟我撒娇，藏在僵硬身体里的，其实是永恒的死亡"。

凡读过锺怡雯作品的人，都不免会惑于她的"狸奴情结"（feline complex）。她自己就再三"从虚招来"了。首先，她强调自己嗅觉之敏锐与猫相似。其实狗的嗅觉也许更尖，只是她爱猫远甚于爱犬，因为猫懒散无为，经常贪睡，又有洁癖，跟她一样，而狗呢正好相反，勤快、警醒、也不怕脏。只要看《浮光微尘》里作者如何奋力擦灰洗尘、清理房间，就会想到猫如何舐爪净脸。

更有一点，猫爪软中带硬，颇似作者的散文风格，在深情之中也暗寓叛逆。她与家庭的关系不免紧张：曾祖父母似乎永远在监视她，甚至有"谍对谍"之情势；父亲和她性格相似，所以互相要把猫爪收好；而母亲在长途电话彼端的谆谆叮咛，她不是回嘴，便是腹诽；只有钥匙串响叮当的奶奶像是例外。

狗勤快而外向，猫悠闲而内倾。作者的散文风格也多为内心的独白。狗吠如直言，猫叫如娇呓。作者的散文多为独白而绝少对话，难见她与世界直接交谈。所以锺怡雯的散文远离戏剧与小说，而接近诗：毕竟她本来也是诗人。也所以她的语言像猫：猫爱独坐打盹，呼噜诵经，喉中念念有词。她的独白喃喃，也有"腹语"（ventriloquizing）的味道。

锺怡雯绮年丽质，为缪斯宠爱之才女，但她的艺术并非纯情的唯美。她对于青春与爱情，着墨无多，更不论友谊。相反地，生老病死之中，她对后三项最多着墨，笔端的沧桑感逼人如暮色。

她当然也能够写实，不过更乐于探虚。像《热岛屿》、《雪，开始下了》、《候鸟》一类的写实叙事，在她笔下固然也生动可观，但其他的优秀女作家也能称职。倒是像《发诔》、《痒》、《伤》、《鬼祟》、《换季》、《忘记》一系列的作品，由个人的感性切入，几番转折之余，终于抵达抽象的知性、共相的本质，不是一般女作家所能把握。这种笔路由实入虚,从经验中炼出哲学,张晓风是先驱,简媜是前卫,而其后劲正由锺怡雯来发功。

令我印象最为深刻的,却是锺怡雯对沧桑的魂梦纠缠。最祟人的一篇是《渐渐死去的房间》,记年近百岁的曾祖母老病而死的一幕,把现实的阴郁、丑陋、厌恶化成了艺术之美,令人想到罗特列克与孟克的绘画。这篇散文富于辛烈的感性,对于久病恶疾盘踞古屋的重浊气味,发扬得最为刺鼻锥心。"那混浊而庞大的气味,像一大群低飞的昏鸦,盘踞在大宅那个幽暗、瘟神一般的角落。"这样可怕的反风景,对于有洁癖的锺怡雯说来,该是倍加难受。《凝视》一文中对曾祖父母遗像的畏惧,想必是上承《渐渐死去的房间》文而来。

读她的散文,每到返丑为美的段落,我就会想到李贺与爱伦坡,想到这两位鬼才满纸的狐、鬼、鸦、猫。

4

锺怡雯的语言之美兼具流畅与细致，大体上生动而天然，并不怎么刻意求工。说她是一流的散文家，该无异议。她的艺术，到了《垂钓睡眠》火候已经九分有余了，但要"纯青"，似乎仍需加炼。

目前流行的中文，常有西化之病，就连名学者名作家下笔，也少见例外。西化之病形形色色，在句法上最常见的，就是平添了尾大不掉的形容子句，妨碍了顺畅的节奏。《垂钓睡眠》一文有这样两句：

昼伏夜出的朋友对夜色这妖魅迷恋不已，而愿此生永为夜的奴仆。他们该试一试永续不眠的夜色，一如被绑在高加索山上，日日夜夜被鸷鹰啄食内脏的普罗米修斯，承受不断被撕裂且永无结局的痛苦。

第一句极佳。第二句就不很顺畅了，因为中间横梗着一个不算太短的子句："被绑在高加索山上，日日夜夜被鸷鹰啄食内脏的……"此外，从"承受"到句末的十五个字，也因动词"承受"与受词"痛苦"之间，隔了有点犯重的两组形容词，而显得有点费词。"不断"与"永无结局"乃不必要的重复。

他们该试一试永续不眠的夜色，一如普罗米修斯被绑在高加索山上，日日夜夜被鸷鹰啄食内脏，承受不断被撕裂的痛苦。

当初这一句如果这样遣词造句，当更清畅有力。"被绑"、"被啄食"放在子句里，只能算"次动词"或"虚动词"；如今从子句里释放出来，汇入主句之中，变成了"主动词"，便有力多了。我并无意倚老卖老，妄加他人文句。这些文词都是原句所有，不过更动了次序，调整了句法而已。

《浮光微尘》里有一句说：

有时我在储藏室的镜子里看到一张沉稳冷静、接近职业杀手的脸；有时遇见一个头发散乱、神情诡谲、呈半疯狂状态的女人。

这样的句子清晰而完好，已经无可挑剔。但其排列组合仍有求变的余地、更精的可能。只要把两个关键词眼略加移位，节奏就全面改观了：

有时我在储藏室的镜子里看到一张脸，沉稳冷静，接近职业杀手；有时遇见一个女人，头发散乱，神情诡谲，呈半疯狂状态。

"脸"和"女人"移前，可以紧接所属的动词与量词，读来比较顺畅、自然，不像隔了一串形容词那么急促、紧张，一气难断。形容词跟在名词后面，可长可短，就从容多了。西化句法多用名词（身份常为受词）收句，可谓"封闭句"；中文常态的句法则多以述语（常为形容词或动词）结尾，可谓"开放句"。目前有许多作家，包括不少名作家，都惯用"封闭句"，而忽略了更灵活也更地道的"开放句"，非常可惜。

再举一例来说明我的观念。《垂钓睡眠》一文诉说失眠使人恍惚，容易撞伤："那些伤痛是出走的睡眠留给我的纪念，同时提醒我它的重要性。"后半句是流行的西化想法，用英文说就是 remind me of its importance. 不过英文爱用抽象名词做受词，不合中文生态。我从四十多年翻译的经验，学会了如何驯伏这些抽象名词。如果要我翻译这样的说法，我会把抽象名词化开，变成一个短句。我会说："同时提醒我它有多重要。"

5

陈义芝在《散文二十家》选集的编者序言里，说明他取舍的原则时，有这么一句伏笔："至于锺怡雯、唐捐等年轻新秀，近几年以精纯之文质虽连夺散文奖，而写作时间尚短，量尚不足以成一家气象，留待下一世纪（只剩两年了）再作评选。"陈义芝的史笔似乎向预言先挂了号，我相信锺、唐一辈的新秀不会让他的期待落空。这两位中文系正科出身的学府作家，对于心灵与潜意识暧昧难明的边疆僻壤，都勇于出实入虚、颠而倒之，向深处去探索。锺怡雯巧于命题、工于运笔，已经俨然有一家气象。她不像唐捐那么敢于试验，但可能也因此免于秾稠与铺张。我庆幸这位低纬远来的高才迄今尚未趋附流行的所谓"情色",尚未参加世纪末文坛的天体营。我特别庆幸她仍保留了此一"负德"。三十年前我早就写过《双人床》、《鹤嘴锄》一类的诗,引起过三两外行的大惊小怪,其实在主题上我别有探讨,其志其趣,不在"逸乐思"(Eros)。今日情色流行,俨然成了时兴的前卫,取代了风光过的超现实、存在、荒谬。目前所谓的"全球化",恐怕只是"美国化"再加"日本化"而已。有真风格的作家不必跟风,条条大道都能通"美"——美学之美,非美国之美;也不必抄情色的快捷方式。

但愿锺怡雯善用天赋的才情,发挥所长,向新世纪感性的烘炉里,炼出五色的补天石来。

二○○○年六月于西子湾

当中华女儿做了美国妈妈
——读张纯瑛的文集《情悟，天地宽》

　　四年以前，我把为人所写的序言收集起来，印成专书，题名《井然有序》，以为此生所结的"序缘"，不，所欠的"序债"，从此就偿清了。不料恶性循环，竟令世人误会，此人擅长写序，至少性好写序。于是搁下了自己的正事，重操闲笔，又为别人的新书写了好几篇序言。

　　写序总是应邀，可称"被动文学"，在文学评论上只能算一种变体。为这本《情悟，天地宽》写序，当然也是应邀，不过这一次和以往不同，因为来邀者素不相识，可以说是文坛的新人。因此她在信里附来了几篇样品，显然都是方块文章。展读之余，顿感作者思路清晰、笔力明快，便欣然回信答应了。这已是八个月前的事。

　　从这些文章里，看得出作者是一位"在台湾生长的四十岁左右中年人"，当初毕业于台大外文系，来美后改习计算机，但仍醉心于文学与音乐，爱好旅行，关注环保；家居在华府郊区的马里兰州，有一子一女，因此分外注意青少年的教育。

　　《情悟，天地宽》共收五十八篇作品，分为四辑，分量不轻。我没有读到作者自己的后记，不知道分辑的原则是按主题或仅按时序。若是按主题分辑，则第一辑显而易见是析论夫妻之道，对新女性主义提出折中与修正。第二辑于中年自处之道外，更论及音乐、风水、复仇，甚至珍珠港事件，则纷然杂陈，不拘一格。第三辑所涉亦杂，却以论子女教育的几篇最为出色。第四辑的主题则半为环保的敬天惜物，半为旅游的流连风光。

　　这五十多篇作品大多关注人生的大道，落实于当今的世情，取材的经验则兼有台湾的记忆、美国的现况，对台湾不能忘情，对美国有所取舍，对大陆则颇多遗憾。大致上这是一本杂文集，尽管颇有感性，主旨却在说理，在批评某些观念、肯定某些价值。经营美感的段落也并不少见，但作者用心所在仍然是寓理于情，不在唯美。

书中典型的文章多为从小见大，就近喻远，每每从一个事件、一桩个案、一则新闻切入，几经峰回路转、旁敲侧击，特例归纳为原理，感性提炼为知性，结论便出来了。

第一辑中的《温馨牵手情》是一篇上佳之作。文章从布什夫人向克林顿夫人坦然伸出友情之手入题，肯定芭芭拉诚以待人的无我，举手之劳便化解了希拉里机关算尽的唯我。接着蒙太奇的叠像变成了两小无猜的天真牵手，再变而成夫妻一世的执子之手，终于叶落归根、水流从头，回到儿时小手被牵于大手，因而省悟：大手已老，小手已壮，该轮到壮手牵老手了。

第二辑的佳作首推《教坊犹奏别离歌》。此文由李后主《破阵子》破题，从"最是仓皇辞庙日，教坊犹奏别离歌，挥泪对宫娥"的亡国之痛，引到"铁达尼号"以《奥费厄斯冥府行》为别离歌的沉船之悲，而赞美音乐清涤悲情的力量，接得天衣浑然。另一篇该提《新年快乐》，因为作者举出许多实例，印证中国人过年一心只想发财，有多俗气；远不如西方祝人过年快乐那么圆融通达，富于形而上的深意。

　　《挫折学》与《见劣思齐》是第三辑中的两篇上品。《挫折学》指出以前中国孩子是给"苦"大的，不像今日美国孩子是给"捧"大的，但作者担心："一个从小听不见否定句成长的孩子，我很怀疑彼等一旦置身成人世界，如何坦然接受碰壁？"《见劣思齐》把《挫折学》的论点发挥得更加慷慨激昂，简直雄辩滔滔，沛然莫御。作者指出，在美国要求孩子见贤思齐，是抹煞孩子的个性，伤害他们的自尊；不过美国孩子不甘忍受父母见贤思齐的压力，却不敢不接受其他孩子的"同辈压力"：结果是见贤不甘思齐，怕委屈了自己的个性；见劣却要学样，倒甘心与俗浮沉了。这是中华女儿做了美国妈妈的一腔郁卒，在张纯瑛的笔下逻辑饱满、文气如潮，喷发得十分尽散。单看题目《见劣思齐》，便感其反讽的锋芒了。

　　《第一何价》是书中较长的一篇，也是就近喻远，从身边的趣事说到普遍的道理：这次说的是凡事必争第一的徒劳与虚妄，并就近引台南女中的高材生因未考第一而自杀为例，来否定"不要让子女输在起跑点上"之谬。此文旁征博引，气势不凡，从小学校门悬挂的格言"童年之途不为赛跑"，一路引述到梁漱溟、熊十力的自负，林语堂、鲁迅的宽狭，格局之高旷宏远，全无闺秀之气。

人情练达，风格豪爽，笔法明快，是张纯瑛佳作的特色。她的豪爽带一点侠气、帅气，有时逆流挥笔，一女谔谔，会来段翻案文章。在《孤影何须自怜》里，她从李清照说到张爱玲，为上海才女的"孤芳自闭"辩护："能于孤独中品出甘味的人最幸福。他们不须靠别人的笑语点亮生活，也毋庸藉众人的掌声寻得尊严；不做任何人的奴隶，才是自己的主人。是故，张爱玲的独身向晚、家徒四壁、骨灰洒入大海，其实是这位饱读《红楼梦》的才女对尘世的一种清明观照。何怜之有？"

在《翻出如来掌心》里，张纯瑛于支持妇运之余，仍然直率指出："妇运将女性从深闺大院释放，抛头露面数十年、事业上纵横挥洒的某些新女性，一钻入情爱的牛角尖，竟无回旋空间，不惜玉石俱焚。"在同一文中她又语出惊人："妇女运动蓬勃兴发数十年，女性镇日咋咋呼呼，打击男性沙文主义拳拳到肉，到头来还是无法百分之百地独立；而状似愚讷的男士们，平日对于妇运分子的频频出招，看似被动又不甘心地接招拆招，却在无形中练成'大内'身手，做起内务的井然有序还真不让妇人专美呢。换言之，新女性主义数十年奋斗下来，真正改造成功，可以没有另一半仍然存活下去的，竟是男性！"

在克林顿绯闻事件中，希拉里内外俱伤，却被迫以外强掩饰中干，颇得世人赞赏。张纯瑛却为她鸣冤："对于才华耀世、德行无亏妻责的希拉里，何忍强求她人前强颜欢笑，摆出'太上忘情'的身段？几千年来，女人为男人的荒淫背罪，固然不多此一桩；只是，在贞节牌坊渐入历史烟尘的今天，吾人又何必竖立另类贞节牌坊？"

张纯英的评论颇有胆识，因为她人情练达、洞悉世故。她的做人态度是提得起、放得下、看得开，颇能兼顾儒家的担当、道家的豁达，所以文章有豪爽之气。不过热心劝世，有时不免近于励志。如果她要超越杂文家的规模而臻于散文家的境界，也许就不能自限于明快一途，而应再追求宏美、高妙。

但就杂文而言，明快仍不失为一大美德。风格若求豪爽，笔法必先明快。张纯瑛练达的人情世故，是方块文章最大的本钱，但若要求笔法明快，我倒愿意指陈得失。

文章要读来明快，基本的条件在于用字简洁、句法流畅、文意妥帖。

用字简洁，就要避免多余的重复。例如"海登清楚明白，莫扎特的资质乃是史所罕见"一句，"清楚"即"明白"，择一便可，"是、史"音重，可删去"是"，甚至也删去"乃"。结果省去四字，缩为"海登清楚，莫扎特的资质史所罕见"，就简洁了。又如"人际间"一语，书中屡用，原也无妨。但是"际"就是"间"，所以只说"人际"即可。

"人际间"句短，还不打紧，例如"将缺憾归诸于缘"就嫌长了。"诸"与"于"都是文言之介词，不宜并用；再加上一个"将"字，句法就太乱了。曾见一篇文章题为《使夫妻和睦之道》，"使"字不但多余，而且一个突兀的单字，搅乱了后面六字的偶数组合。同样地，"将缺憾归诸于缘"可以理顺，改成"缺憾归之于缘"或者"缺憾归于缘分"。

如果句子更长，要注意的就不止于简洁，而是流畅了。例如下面这句："平常听到'你是罪人'之类的街头传教语就避之唯恐不及的我，听到这里竟然如生

48

根似的无法移动，心内涨满了感动。"主词是"我"，却缩入句中，头上压了长达二十四个字的形容子句，读来一气难断，节奏急促而又紧张，文法虽然没错，句法却欠稳妥。这完全是次序的问题，只需将主角"我"移向句前，就可解决："我平常听到'你是罪人'之类的街头传教，就避之唯恐不及，但听到这里竟然生根似的无法移动……"另一选择则是"平常听到'你是罪人'之类的街头传教，我就避之唯恐不及，但听到这里竟如生根，无法移动……"

不知《情悟，天地宽》的作者，认为我说得有无道理？

二○○○年七月

最后的牧歌
——序林为正中译希美内思的《小毛驴与我》

1

凡去过西班牙的旅客，该会发现该国的元首，不论是佛朗哥元帅或是璜·卡洛斯国王，只浮雕于硬币，不显形于钞票。西班牙钞票上的人头多是文艺名家：一百元（peseta）钞票上是作曲家法雅；一千元上面的是小说家加尔多斯；两千元的钞票是红色，上面的头像则是诗人希美内思，背面还有他手写的三行诗句。

希美内思是著名的现代诗人，曾获一九五六年的诺贝尔奖，但最受一般读者欢迎的作品，却是这本极短小品的文集《小毛驴与我》。

这本轻量级的绝妙小品，原名 *Plateroyyo*，如果直译《普拉代洛与我》，不但贴近原文发音，而且保留了两个 o 的押韵。如果意译《普拉逗乐与我》也未始不可，当然俗气了些。西班牙文里，plata 是银，platero 原意是银匠，所以本书也不妨意译《银儿与我》，可是不明原委的读者就会茫然了。希美内思在书中并未强调这小毛驴名字的原意，只是在它出场的第一篇末句说："不单是铁，也是水银。"英译本的"水银"是 quicksilver，正好暗示"银儿"奔得多快，真是绝招。

不过林译的书名点题明确，有乡土风味，尤其是西班牙的乡土。西班牙的文艺里，最生动的动物该推牛马了：毕加索的蛮牛、魔牛与瘦马，塞万提斯的洛西南代（Rocinante）都给人深刻的印象。毕加索在牛马之外还喜欢画羊，驴则绝少着笔。但是安达露西亚穷乡野径上的驴夫（mulatero），却是西班牙最饶江湖气息的人物。十五年前，我从格拉纳达开车去地中海岸的马拉加，就常见谷底的窄道上，宽边草帽半遮的村民跨着一头蹇驴，载着满袋重负，一路曲折攀上坡来。有时路过小镇，更在街上遇见市井艺人歇下驴车，招呼孩童看西洋镜，像本书第四十二篇所述那样。

无论中西民俗都惯称驴性笨拙、顽固。其实驴子负重耐久，眼神在寂寞与怜郁中含着温柔，另有一种可爱，所以一九九二年我登长城之后，就写过一首短诗，也叫《小毛驴》。

希美内思宠爱的这头普儿，伶俐活泼，善体人意，不但群童喜欢，羊和狗也乐与嬉戏。诗人这样描写：

长得娇小，毛茸茸，滑溜溜，摸起来软绵绵，简直像一团棉花……我轻唤："普儿？"它便以愉快的碎步向我跑来，仿佛满面笑容，陶醉在美妙的嗒嗒声里。

诗人不仅将小毛驴当做宠物，更将它当做友伴，引为知己，不仅良辰美景与它同享，甚至内心的种种感想也向它倾诉。在一百零七篇的小品里，我们看不见诗人有什么人间的知己，在普儿的经常伴随之中，益发显得诗人独来独往的寂寞。

在《驴学》一篇中希美内思大作翻案文章：

可怜的驴子！你那么美好、尊贵、机敏！大家应该把好人叫做"驴子"，把坏驴子叫做"人"，才对。你聪明绝顶，是老人与小孩、溪流与蝴蝶、太阳与狗儿、花朵与月亮的好朋友；这么有耐性而体贴，忧郁又可爱，是草原里的马尔可斯·奥里留斯。普儿的确了解我的心思，凝视着我，发亮的大眼睛温驯而坚定，一颗小太阳在眼珠凸圆的黑色小天空里闪烁。

最后普儿死了，不是老死，也非病死，而是吃了有毒的草根。从死亡到探坟，到祝福普儿在天之灵，本书最后五篇组成了一串安魂曲。《小毛驴与我》始于牧歌，终于挽歌。

本书也并非纯粹的牧歌。书中的田园以西班牙西南一角、接近葡萄牙边境、滨临大西洋的地区为背景，俗称"光辉海岸"（Costa de la Luz）。书中所谓的海，其实是大西洋。莫格尔（Moguer）是一个很小的镇，隔着彩河（Rio Tinto）与维尔巴（Huelva）相望。维尔巴却是个大城，人口四十万。

这一百多篇小品很少叙事，多为抒情，往往始于写景，转而造境，由实入虚，臻于虚实相生的情境；所以读来近于诗，有人甚至称为散文诗。其中场景在莫格尔镇四郊，少在市内，也绝少描写群众场面，甚至在节庆佳日，也是一人一驴，远离市井的尘嚣。所以写到诗人笔下，每多静观遐想之趣，抒情之中寓有沉思。例如《寒意》里这一段：

普儿不知是因为自己胆怯，还是因为我害怕，忽然跑了起来，纵进溪水，把月亮踏成碎片。看起来好像一丛透明的水晶玫瑰缠住它，想挽留奔跑的蹄子。

又如《自由》里的这两句：

早晨明朗而洁净，蓝得通透。附近松树林传来一片喜悦轻快的鸟鸣，温柔的金色海风吹皱整片树梢，风中的歌声时近时远却留连不去。

书中最美的段落都洋溢诗的抒情，不是描写生动，便是想象不凡。但是另有一些篇章，例如《小拉车》，其美不在片段的文字，而在弥漫全篇的人情，就难以句摘了。

《小毛驴与我》的各篇也并非清一色的诗情画意，赏心乐事，留连风光。此书发表于一九一四年至一九一七年之间，正值一次大战，作者却无意描写战争，为历史作注脚。他要印证的是自然与人性之常态，而非历史之变局。他也观照安达露西亚的乡野生活，但笔下出现的多为白痴小孩、肺病女童、西洋镜老人一类的小人物，充其量也不过荷西神父、达尔朋医生的阶层，其中还夹杂着吉卜赛一类的边缘人，场合有时温馨，有时却也令人不安。可以说此书写景往往唯美，写人却相当入世。当时希美内思才三十多岁，在书中虽然也有引经据典，援用莎士比亚或洪沙的名句，但写到《小毛驴与我》的那个"我"时，却以老人的形象出场。

2

四十多年前，由于希美内思获颁诺贝尔奖，台湾曾经出现《小毛驴与我》的中译本，想必也是从英译本转译。我没有读过那本旧译，不知译得如何，但是林为正的这本新译，信实可靠，译笔雅洁，我愿向读者力荐。译者当年在中山大学外文研究所的硕士论文，是吴尔芙夫人短篇小说的中译与评介，由我指导。他的译笔相当细致，也发表过新诗创作；近年来一直没有放下译笔，从这本《小毛驴与我》的中译看来，功力也颇有长进。
且看《患肺痨病的小女孩》一篇的末段：

我让她骑着普儿出来透透气。一路上削瘦、垂死
的脸上睁大了乌黑的眼睛，露出雪白牙齿，笑得多开
心。妇人都跑到门口看我们走过。普儿放慢脚步，仿
佛知道背上驮的是朵脆弱的玻璃百合。兴奋和喜悦改
变了小女孩的容貌，配上一身纯白的衣裳，看起来
就像路过小镇赶往南方的天使。（I offered her Platero
so that she might have a little outing. What laughter came
from her sharp deathlike face, all black eyes and white
teeth, as she rode him! The women came out to the door-
ways to watch us go by. Platero would walk slowly, as
if he knew that he carried on his back a fragile glass lily.
Transfigured by fever and joy, the child looked in her pure
white clothes like an angel entering the town on her way to
the southern sky.）

这一段化腐朽为神奇，真是希美内思笔下的美文，
但看英译已经十分精彩，中译也不示弱。第一句是上

佳意译，简洁而且自然。第二句把 as she rode him 译成"一路上"，也是巧妙的意译，同时把它从句末移到句首，也有必要。第三句的"走过"并没有错；但可以想象，"我"随行于侧或牵驴于前，固然是走，女主角却是骑在驴背，不能算走，所以不如改成"路过"。如此一来，后文把 entering the town 译成"路过小镇"，也就前后呼应了。末句把 transfigured by fever and joy 译成"兴奋与喜悦改变了小女孩的容貌"，也很不错，只是长了一点，而且 transfigure 还有"改得更好"的意思。句末的 on her way to the southern sky 译成"赶往南方"，大致上也已称职了；不过 sky 是呼应"天使"的，强调病人超凡入圣，焕然一新，白衣飘举，直欲飞去，所以不应省略。也许末句可以稍加调整如下，不知译者以为如何：

小女孩因兴奋和喜悦而焕然改观，再配上一身纯白的衣裳，看起来就像路过小镇赶赴南方云空的天使。

本书有不少地方意译得相当巧妙，但也有一些地方，正是诗意所寄，却要直译才能奏功。例如《夏》

的第二句：The cicada is sawing away at some pine, for ever hidden. 译成"蝉一直藏匿在松树里鸣叫。"sawing 在此有特殊的听觉效果，不宜泛泛译成"鸣叫"，可以径译"锯木"。又如《酒》的第三句：Moguer is like a wineglass of clear heavy crystal which, the whole year long, beneath the round of blue sky, awaits its golden wine. 译成"莫格尔像一只厚重的透明水晶杯，终年在圆顶苍穹下等待玉液琼浆。"golden wine 其实应该直译，因为后文至少有三处把它跟阳光联想在一起；同时，"玉液琼浆"乃习用的成语，也失之泛泛。

但是在《惊吓》一篇里，画面是孩子们正在晚餐：The little girls were eating like women; the boys were talking like men. In the background, nursing a baby boy, the beautiful young blond mother was watching them with a smile. 译文是"小女孩像妇人一样吃饭；小男孩像男人一样交谈。在背景里，年轻貌美的金发母亲给一个男婴喂奶，含笑眷顾他们。"在此，"在背景里"却嫌太过直译，不合中文常态，不妨改成"在一旁"或"在背后"。此外，即使不计吃奶的婴儿，房里至少也有四个孩子，译文里却似乎只有两个；在这种情况下，"小女孩"和"小男孩"后面各加一个"们"字乃有必要。

英文的名词常用多数，中译有时可以不理，有时却应加处理。例如《欢乐》一篇的末段有这么一句：Clear afternoons of autumn in Moguer! 译文是"好个莫格尔秋日晴朗的下午！"好像说的是某一个下午而已，但是此地的 afternoons 却是多数的，如果译成"莫格尔秋晴的下午总是如此！"当较合乎原意。

以上举例分析，只在说明译事欲求其精，永无止境。除了少数可以挑剔的瑕疵，林译的这本《小毛驴与我》实在是相当称职而时见妙趣的译文。读者若能中英对照细读，必当获益不浅。林译本遇有西班牙的专有名词，译音例皆正确，足见用功之勤。真希望有一天林为正能比照希美内思的原文，修订出一个更完美的直接译本来。

二〇〇〇年八月于康州威士顿

光芒转动的水晶圆球
——悦读陈幸蕙

幸蕙遍读吾诗，发而为论，三年有成，即将出书，索序于我。最初在《幼狮文艺》上见到这些评介，以为作者只是偶一为之。后来竟然越刊越多，后劲甚至转强，这才发现其来有自：原来我全部的诗作，我"右手的缪斯"，我的肝胆所示、膏肓所隐、梦与潜意识所窝藏、所包庇的一切，全都落入了她的设计之中。其结果便是这一部洋洋大观的《悦读余光中》。幸蕙做事，一向贯彻始终，井井有条，明媚的笑声却以坚定的意志为后盾。她寄来的五百多页原稿，捧在我手上，分量不轻，秤在我心上，意义更重。在诗人节的前夕收到这一份重礼，令我既感且佩。

一路读下去，我的命运在她的水晶圆球里简直无所遁形。水晶的光芒转动着，似乎在阅读我的病历表、

X 光片、心电图、年轮横剖面、地震仪记录。原来就
是我，指纹与足印，投影与回声，从少年到老年。

在《蓝墨水的下游》后记里，我形容自己的评论
文章"像是探险的船长在写航海日志，而不是海洋学
家在发表研究报告"。这本《悦读余光中》却介于两
者之间，在选诗之外更附上赏析，赏的部分多用感性，
而析的部分多用知性。大致上理论不多，术语也少，
所以幸蕙才能更亲近读者，以朋友与同好的口吻向读
者娓娓劝诱。

这当然不是说幸蕙不会搬用理论与术语，也不会
详加注解作学术的打扮。她只是不愿离间作者与读者，
把读者吓走罢了。遇到背景牵涉较广、典故用得较多，
或是诗意较为曲折的作品，她也会展现学者的一面，
或直接追本溯源，或层层揣摩情理，或用其他作家的
作品，或用我自己的其它作品——不限于诗，还引用
散文或自序之类——来交互印证。有时她论得尽兴，
对一首诗或一组诗的诠释，会洋洋洒洒写上好几千
字，像主题综论的《离乡者日记》、《诗人的自画像》、
《永久地址》几篇，旁征博引，竟都长逾万言，均可见
证她用心之深，学力之厚。

看得出，我的全部作品幸蕙都熟读了，尤其是那十八本诗集，所以无论她赏析我哪一首诗，都有把握将它归类到我的什么主题或诗体，且能举一反三，引述我曾有哪些相关的诗句，以供参照。遇到某诗与我的经历、环境或信念密切相关，她也会不吝篇幅，将来龙去脉细加爬梳。也因此，这本《悦读余光中》也不尽然止于导读，有时甚至还有一点评传的意味。

此书赏析我的诗作，原诗全文引录者六十多首，部分引述或零星摘句者，大概近两百首，所涉甚广。值得注意的是：幸蕙选诗，不尽"唯名是从"，往往反而"蕙"眼独具，会挑出一些评家很少注目的"冷作"或未及注目的新作，令我惊喜。诸如《两个日本学童》、《东京新宿驿》、《鱼市场记》、《一双旧鞋》、《在多风的夜晚》、《五行无阻》、《春雨绵绵》等均属此类。七首之中，除《东京新宿驿》、《五行无阻》及《春雨绵绵》之外，其余均未列入我自选的《余光中诗选第二卷》，却能获得"蕙"眼垂青。其实，以逸待劳的评家只要向我的两本自选诗集里去挑，岂不省力？幸蕙如此仔细、认真，偏向我秋收之后的麦田去拾穗，无意间却暗示了我的力耕是经挑的，让我深感"功不唐捐"的安慰。

最出我意外的，是她的青睐还"蕙"顾到《绝色》与《水草拔河》。《绝色》收进我最新的诗集《高楼对海》，还没有评家论过，我却深心自珍，认为设想不俗，感性中颇具知性。幸蕙显然也有偏爱，所以析之甚详。《水草拔河》刊于两年前的《人间副刊》，迄未收入我的诗集，不料竟被幸蕙剪存，而今"用在一朝"，也足见她阴谋已久。

幸蕙在卷首的《答客问》中，说明撰写此书的最初动机，就是单纯的喜欢，进而要和读者分享这经验。"有乐同享"正是热切的读者最基本的愿望，应该也是许多评论家原始的动机。不过幸蕙在此书中所做的，也不全是单纯的导读、诱读。她所写的其实包括诠释、溯源、比较等几个层面。她的诠释较富感性，指点"此处风景特好"，像一位自得其乐的导游。到了溯源的层面，她就会认真交代场合、背景、典故等等，像一位踏实的学者。而到了比较的层面，她就会站在更高处放眼古今，就文学史的宏观来对一首诗、一组诗，甚或对诗人的全部作品，做价值判断，那便是真正的评论家对时间提出的报告了。

　　但是在作宏观的价值判断时，幸蕙却再三坚守一个原则，那就是一首诗的终极价值不在其信念是否"政治正确"，而在其艺术是否完美无憾。所谓"政治正确"，乃指某时某地，某种意识形态为当局或主流社会所肯定，但时过境迁，其价值观往往会改变，甚至被另一"政治正确"所取代。所以"政治正确"而艺术贫血的作品，终会沦为标语口号，成了宣传的消耗品。

　　艺术若不能超越"政治正确"而行远传后，其价值就有了问题。幸蕙在展现宏观之际，并不逃避"政治正确"所涉及的敏感话题。她主动提出这问题，反正分析，并向艺术的价值寻求答案。在这种时候，就可以看出本书的作者不但是一位有见解的评家，而且是一位有担当的论者。幸蕙以散文名世，但是在文学批评上也下过功夫。从一九八四年到一九八八年，她曾经一连五年独力编选尔雅出版社主持的《年度文学批评选》，不但卷首有序，每篇文末有编者按语，而且卷末还详列相关数据，对于评论的敬业，成绩可观。

　　不过，评论的谨慎与细致，并不能掩盖幸蕙身为散文家灵动清雅的风格。《悦读余光中》书里有不少段落，虽然旨在赏析与诠释，而娓娓道来，却有抒情小

64

品的韵味。

《西螺大桥》引出她这样的感想："而就在那年春天，诗人与桥一场意外美丽的邂逅，大哉西螺！竟以一种力、美、意志，与绝对清醒、酷静、刚悍不屈的强者形貌，震撼了诗人，在天地间煌煌然向诗人说法。"

《两个日本学童》激起她这一段回忆："犹记在日本自助旅行途中，前往上野公园游赏的那个早晨，东京天色也是'薄阴阴的'。不曾如诗人那样，遇见背书包的日本学童，却在公园一排老树树干上，瞥见日本极右派激进分子张贴的标语……大意是说，日本从未进行南京大屠杀，无需对二次世界大战负任何历史责任，或向中国道歉！潦草不驯的红黑二色字迹，纸上狂走，格外显得嚣张跋扈。"

在卷首的《答客问》中，她自述每天在桌前如何撰写此书："常常，我会听到窗外有鸟叫声，屋里，四只猫都各在它们认为最舒服的位置或角落安睡，我的心总很宁静，觉得很幸福。"

谢谢她悦读余光中，让我能悦读陈幸蕙。

二〇〇二年七月九日

散文也待解梦人
—— 序陈幸蕙的《悦读余光中：散文卷》

在《悦读陈幸蕙》一文中我曾说过："幸蕙做事，一向贯彻始终，井井有条，明媚的笑声却以坚定的意志为后盾。"果然，在《悦读余光中：诗卷》出版六年之后，也是在端午期间，她又完成了其续篇《悦读余光中：散文卷》，仍然交给尔雅，将于七月出书。

散文卷的风格依然维持诗卷的特色——平衡与兼顾：有微观也有宏观，有专注也有融贯，有欣赏也有分析，更重要的是，有比较也有评价。她的功夫下得很深，不但遍读了我的散文，更旁及我的诗作与评论，所以无论是主观的欣赏或客观的分析，都能举出我相关的诗篇或论述来并比印证，真的是打通了任督二脉；不像有些学者，论我诗时目中不见吾文，论我文时目中不见吾诗，未能"牵一发而动全身"。幸蕙于我的诗、文，无论是主题或文体，都熟极能详，历历如数家珍，令我自己都常感惊讶。在我心灵的地图上、潜意识的暗礁间，她来去自如，根本不需要我签证。她熟悉我的藏宝箱都藏在哪里，箱里藏的是什么东西，伸手一取，果然就是。十分反讽的是，我自己的梦境，有时竟然要靠她来导游。

身为"事主"，我一路悦读幸蕙这本散文卷，心情颇多起伏：读到感性的片段，好像遇见激动的粉丝；读到中肯的片段，好像发现清醒的知音；而读到坦率的句子，又似面对严肃的学者。不过前两种情况还是居多，有时我还希望她的称赞能稍加节制，以免"溢美"，而且较易"取信"。但是另一方面，我又担心她果真"收敛"起来，把赏心乐事拗成学术论文，演成意识正确、理论先导、附注连篇、评价虚悬的大阵仗，反会失去自然，而令一般读者不愿亲近。

美国评论家柯能伯格（Louis Kronenberger）在《批评与欣赏》一文中早就慨然指陈：

批评原是最高尚的职业之一，可是有时候批评家自己也和受批评之害的读者一样，对批评极感厌恶。

心花怒放的烟火
——余光中跨界序集

批评家对于永远坐在审判席上感到畏缩，对于经常要决定判词感到心烦——尤其是因为审判总是这么冗长，而被告总是这么乏味。有时批评家实在也乐意换批评为欣赏……实在也是因为我们生活在这种时代的关系——在我们这时代，文学已经沦为科学；古人相信天才的步履轻捷，今人考验天才的可靠方式却是：看天才步履是否沉重……一个人应该以感激的心情去推荐使自己快乐过的东西；此事本来就很有意思。当然，别的一些工作——诸如解剖你厌烦的作家，或者压低你认为名过其实的作家，或是凌迟你可恶的作家，也会有非常实际的益处……可是如果你去研究柯内叶（Pierre Corneille），因为你嫌他沉闷；或是探讨卡莱尔，因为你讨厌他；或是你攻击歌德，因为你认为他名不副实：这种研究却有一大不利，那就是，你必须把他们的书读完。你必须努力奋斗，至少也得沉住气读下去……相反地，欣赏不会像批评那样沦你为自我主义者，更绝不会害你做殉道的烈士……可是如果你不小心，欣赏也会使你显得愚蠢可笑。高明的欣赏绝不敢放纵自己：尤其因为在欣赏的文章里，我们的写作没有正式的限制，加以我们的身份既是辩护人而非法官，就必须维持最严格的分寸。兴酣意满固然是一大优点，但夸张过火则沦为一大危机。欣赏的文章不怕你对自己拥护的作家写一点抒情诗，却容不得你写虚构小说。

柯能伯格的文章十分精悍，可惜我只能酌量节引，幸好全文我早在四十多年前已经译出，不用临序再费手脚。这一段引文对幸蕙和我都大有启示，而对于今日的文坛、学界也不见得没有益处。

幸蕙在这本《悦读余光中：散文卷》中，投入了六年的心血，真是一大工程。但她实际完成的，还不止这些，因为还有不少赏析我游记的文字，近年陆续刊于《明道文艺》，限于篇幅，未能收入本卷。尽管如此，她在本卷对我的散文，详述而又细品的从《九张床》到《娓娓与喋喋》，多达四十五篇，约占我散文产量的四分之一。其中牵涉的文类，从小品到大品，从纯情文到夹叙夹议的杂文散论，品种繁多，足见散文卷之散文一词，是取其广义。至于书中卷五各篇，则通论我的十一本散文集，言简意赅，实为一串迷你书评。

一生的著作有这么多知音来悦读，悦读之不足，还要赏而析之，评而介之；赏析评介之不足，还要集而成书，求其播远传后，令我十分感动。幸蕙推荐诗卷之不足，更益之以散文卷，实为知音之中坚。尔雅出版社先后推出这两卷《悦读余光中》，也给我莫大的鼓励。这么多年我一直创作不断，固然是因为志趣所在，不吐不快；另一原因正是不忍辜负这么多知音对我的期待，不能让他们的预言落空，美言溢美。他们把我的箭靶立得那么远，那么高，我怎么能袖手，任其有的而不放矢呢？所以八十岁了，这支笔还不能就放下。

二○○八年六月十五日于西子湾

种瓜得瓜，请尝甘苦
——读詹澈的两本诗集

1

在一九五○年代中期出生的诗人之中，詹澈该是"晚成"的一位。陈黎、向阳、焦桐，远比他更早成名。其实早在一九七○年代中期，他已经在《草根》及其它刊物发表诗作，但是要等《西瓜寮诗辑》陆续问世，才引起广泛的注意，至于连获诗奖，更要等到一九九○年代后期。比较重要的诗选，除了九歌版的《新诗三百首》以外，他如书林版的《台湾新世代诗人大系》、九歌版的《新诗二十家》，甚至九歌版的《中华现代文学大系——台湾：一九七○至一九八九》，都未选詹澈的诗。其实《新诗二十家》之中，至少有三四家的成就未必超过詹澈。

詹澈生于彰化，童年随家人迁往台东，后来不

但毕业于屏东农专，更追随父亲务农，成为夜宿西瓜
寮的果农，终于成为农会甚至农民运动的中坚。于是
"农民诗人"的光环就落在他的头顶，成了一顶桂冠，
或者一顶瓜帽。

詹澈长年定居在台东，而且像西瓜一样匍地而亲
土，其诗有如瓜茎瓜藤，牢牢地密密地紧缠着那一片
后土。称之为"农民诗人"，自然当之无愧。他的身
份与位置离台北的文坛最远，在黑色钢琴的都兰山下，
他大可据地自雄，独揽"农民诗人"的头衔，做一个
定额占缺的诗坛藩镇。

可是詹澈无意把瓜皮帽戴成桂冠。在《西瓜寮诗
辑》的自序中他说得很明白："我被定位为'农民诗
人'……尚有一点不满足，这大概是一个创作者与评
论者间必然会有的距离，只因为我不想只是成为一个
'农民诗人'，而是作为一个'诗人'，例如陶渊明与
郑板桥、弗洛斯特或里尔克，惠特曼与艾青、歌德或
叶慈。"

詹澈一口气举出了八位诗人，其中陶渊明、郑板
桥、惠特曼、艾青都亲近平民，有民胞物与的胸怀。
陶渊明是一位热心的隐士，兼有儒家的关怀与道家的

超脱；郑板桥为灾民请赈而罢官，也是提得起放得下的仁者；惠特曼不但同情平民，甚至拥抱一切生命；艾青对中国北方的农村有深情，也有热血。至于佛洛斯特，表面上似乎是新英格兰的乡土诗人（regional poet），其实他就近喻远，以小喻大，不过把新英格兰当作发言台，所言往往在天人之际，有埃默森形而上学的妙旨。

《西瓜寮诗辑》的作者没有提到爱尔兰的彭斯（Robert Burns）。彭斯不折不扣，倒是一位生于农村耕于农村的诗人，可是他的诗并不限于农村。他不但是情诗高手，也擅长写爱国诗、讽刺诗、谐谑诗。他的乡土诗往往洋溢民俗的喜悦与生趣，并不怎么突出悲情，例如《汤姆遇鬼记》(Tom o' Shanter) 就是冶恐怖与谐趣于一炉的叙事诗杰作。《惜往日》(Auld Lang Syne) 歌咏友情的历久弥笃，久已成为世界上最有名的骊歌，甚至是最有名的民谣。在法国革命的感召之下，他写出歌颂匹夫尊严的进行曲《何足道哉》(For A' That and A' That)。这么多彩多姿、生气蓬勃的民族诗人岂仅是苏格兰之子，岂仅是农民的代言人？彭斯已经属于全世界，简直是世界公民。

梵高也是如此。早期他在故乡荷兰与比利时常画农夫、农妇、渔夫、织工、矿工；代表作《食薯者》如魔如魅的画面正是矿工之家的苦味晚餐，但那苦味却令人愈嚼愈甜。凡·高最美的一幅农夫画像是《农人艾思卡烈》，在他逝世百年的回顾大展上，这幅杰作与另两幅画像——《诗人巴熙》、《情人米烈》——并列，正好说明他用心的对象不限于某一种人。其实他笔下的邮差、医生、店主、兵士、妓女、妇人、少年等等无不眼神栩栩，性情流露。他的星空颤动成光的漩涡，他的向日葵暖到人心深处，那么透熟热烈，简直是大地所生，太阳所宠。

梵高的艺术已经超凡入圣，化朽为神，升到了宗教的境地，所以能越过种族、阶级、时代的局限。说他是农民画家或工人画家，反而把他看窄了。

詹澈说自己不甘仅仅定位为农民诗人，说明他选择的诗路是宽阔的，并不自限于田埂之间。在《西瓜寮诗辑》的自序里，他叙述有一次吴晟和他讨论农村诗的得失，他坦白指出吴晟的近作"在语言上仍保持他惯有的质朴与口语风格，但在内容上强化了批判，因此在诗的质素上较淡了，好是好但不够好"。又说当时吴晟"质疑为什么同样写农村与农民，我（詹澈）的作品在这几年起了变化，有些让他不懂，他似乎不赞成我的变化"。

这一段对话很有意义，对厘清"农民诗人"的身份颇有价值。吴晟认为他写诗是为了抗议政客破坏生态，所以要写得让人看懂；詹澈则认为批判现实与经营诗艺之间，应保持微妙的平衡。

和一切艺术家一样，每个诗人都有其所属的社会背景，甚至更代表了不同的意识或价值，但不能因为他立场正确或代表性强，就可以在诗艺上从宽评分。写诗不是棋艺的"让子赛"，也不能像政治分配一样设保障名额。在亚波罗面前，各行各业该是机会均等的。詹澈不愿被"农民诗人"的标签贴死，宁愿在同一起跑线与所有诗人赛跑，表示他对自己的诗艺抱有信心。

詹澈与詹朝立虽然是同一个人，但身份各有不同。詹朝立可以带十万农民上街，詹澈却只能独自一人入诗。诗人不能揩农民领队的油。

《西瓜寮诗辑》封面内页对詹澈的介绍是："他是现代知识分子，是农运推动者，也是传统的农民诗人。"这三重身份构成了诗人詹澈的"圣三位一体"：

农民身份给他经验；农运身份给他热情；知识身份给他思考，令他高瞻远瞩。

和其他艺术家相同，诗人乃民族想象活力之维护者与解放者。诗人的筹码是文字，他的元素是自己民族的语言。他应该认真探讨自己民族的语言究竟有多大的能量，并且试验自己能运用那能量发出多大的力量，以完成多大的功绩。物理学上的"化能为力，运力成功"，对诗人该有启示。

一切艺术的创作，除了知识与经验之外，还有赖想象。所谓想象力，源自天真未泯的童心，亦即好奇；好奇导向了解，了解导向同情，同情到了深处变成认同，于是寸心便可纳造化，方寸便通于大千。所谓"民胞物与"，不但是仁者之至境，也可以是诗人的心情。唯想象开放而畅通的心灵，始能越过"人我"与"物我"的边防，自由出入于"主客"与"真幻"之间。

诗人的功力在于用文字做护照，在现实与想象之间可以出境又入境，来去自由。就凭这公然走私而不失妙手的障眼法，他能将"美"带入境来，给我们一次又一次的惊喜。理想的诗人应该有这么广大的神通。

2

在《堡垒与梦土》一诗中，詹澈把西瓜园喻为梦土，而西瓜寮比作堡垒。诗意便在虚实之间左右逢源，迂回前进，一个分神，西瓜竟都埋伏成地雷，令人吃惊。虚实之间几度反复，战争在童话的背后演习，超现实的惊骇效果简直可入达利恶魔的画面。其实就堡垒与梦土两个意象而言，堡垒之坚实与梦土之缥缈也形成鲜明的对照，虚实之间令人想起堂吉诃德以风车为巨灵，当羊群为军队。

《有时会带一本书》用恬淡而从容的口吻，描写作者自己在西瓜寮里偷闲翻书的心情，足见瓜农的生活里未必容不下一个现代的"读册郎"。闲翻的书从《史记》到《地藏王菩萨本愿经》，从《资本论》到毛语录，把封建的、迷信的、前进的书都包罗在内，足见这位果农读物之杂，与《吾乡印象》的种田人颇异其趣。而作者的态度，对《资本论》则始终无法看完，对毛语录则有时不太想看，显然是"毛热"退后的左倾心情。

但收入不好时不至于饥饿到革命

这点，我和阿爸已经统一

我们已是模糊的阶级

例如米粒和咖啡豆，番薯和芋仔

语气中带一点自嘲与无奈，甚至有一点谐趣。这样的农村诗甚至乡土诗，并不刻意要贯彻特定的意识形态，有一点左倾疲劳，立场暧昧，甚至后现代的解嘲，毋宁更接近真相。至于《与夜河平行》一首，写一个自然人在辛苦了一天之余，委身于神秘的夜色与性感的河水，其境在天人一体、物我相忘之间，更与革命啦农运啦意识形态啦无关，毋宁较近于惠特曼与聂鲁达。其中描写作者在河滩下游赤身仰卧，"耳朵和鼻子都浮出水面／水线紧贴手肘顺流过脚尖／眉心和鼻端对准丹田下翘起的准星"，天真而有谐趣，颇近陶潜"纵浪大化中，不喜亦不惧"的气派。其后的两行："夜用光犁开银河／溪河被弯月切出两岸"，也有童话拟人格的美感；但是能想到动词用"犁"字，又将弯月隐喻镰刀，恐怕还是得力于务农的生活吧。

3

　　《海浪和河流的队伍》收集詹澈从一九九八年迄今
的近作，共六十二首，分为两辑：第一辑《东海岸速
写》占三十七首，正如辑名所示，多以台东沿海，尤
其是都兰山影卑南水声之间、本乡本土的自然景色为
题，吞吐的场域极其壮阔。造化在昊天与沧海之间，
郁郁累累、堆栈着筋骨裸露的无穷石阵；到了詹澈笔
下却少柔美的抒情，而多阳刚的刻画，几乎刀刀见骨，
有如板画。于是受伤的石体骇目惊心，成了受伤的人
体，像在控诉。《石头山》这么诉说：

　　　　钢的机械怪手，背后的权势
　　　　突破所有禁令
　　　　从它脖颈开始挖掘
　　　　从耳腮挖向太阳穴
　　　　向海洋的歌唱变成向天呐喊
　　　　石头山，突兀而美丽的地标
　　　　受伤的头颅，东海岸山脉的起点

在两种海底板块之间浮起
在两种上升的力量上面
一面歌唱，一面呐喊

拟人格（personification）的比喻和动力学（kinetics）的叙述，是詹澈惯用的手法。比较成功的例子可见《水往上流》：

亿万吨的山体静静使力
水流从鼠蹊和脚趾间出
一条透明银白色水蛇
匍匐在岩石上
向太阳出来的地方，往上爬升

短仅八行的《水的胎记》，把地理和人体虚实交叠，造成蒙太奇惊疑的效果，有海市蜃楼的魔幻：

站在长长的海岸线上
看见一个岛浮起海洋的鼻尖
站在那个岛上

看见岛的肚脐

站在岛的肚脐上

看见海洋脸上一颗痣

看见水的胎记

时间的伤痕

《陨石碑》短短十六行，设想奇诡，末段用平易的句法营造出神秘的传说，简直可入叶慈的诗篇：

据闻用陨石做墓碑的诗人

能在死后通晓天文

生前所写的诗句

都可以上奏到三十三天

成为一千年后

再生为人的注记

当然，这六行的诗意若由叶慈来写，句法该会更紧凑、老练。例如此诗的首段：

被陨石落印的山谷

下陷如一个墓穴
在前面的山头
应是那块陨石特大的墓碑
苍鹰靠近它
解读那些被宇宙线划刻的碑文

不但诗意高超，而且文字脱俗，可是如果换了叶慈或者佛洛斯特来写，后四行也许会更紧凑如下：

前面的山头
应是它特大的墓碑
苍鹰飞下
解读宇宙线划刻的碑文

《急驶在东海岸公路》开始的两行，营造出一个非常生动的比喻，令人过目难忘：

东海岸公路慢慢弯成出鞘的刀
刀刃镶着一线夕照

可惜这比喻凭借的动词"弯"还未将动感发挥到极致。如果稍加调整，变成"东海岸公路慢慢抽弯刀出鞘／刀锋镶一线夕照"，不知作者以为如何？其实，我觉得作者在命题、布局、比喻各方面均有所长，思路与感性也颇可观，但在语言的掌握上仍有精进的空间。简而言之，诗意甚旺，但诗艺尚应加强，才能火候到家。

第一辑还有两首长诗，各长两百行左右。《海浪和河流的队伍》写阿美族的舞蹈，用短句上下并列，中间分出清湛的一线水平，隔岸的上下两截色彩交错、男女互动、形影交流，而时时用谐音贯串成趣，例如：

他们喊她们　她们撼他们
她们捍他们骅　她们的汉使她们汗

《瀑布抽打山的陀螺》写布农族八部合唱的天籁，都就地从大自然取材，受到瀑布、蜜蜂、陀螺、候鸟、闷雷的启发。此诗结构井然，音调流畅，善于利用谐音拟声，例如：

从无而呒，而芜，入乌而嗡

如瓮，山谷四面环壁

瀑布用手，以阳光撞击

　　全诗如能多人合诵，并突出音响效果，甚至佐以八音合唱，当有小小史诗的气概。此诗的题目就是十分生动的比喻，兼有视觉与听觉的感性。

　　第二辑《坐在共认的版图上》跨越了"后山"的背景，将关怀投向外岛与大陆，南北韩与澳门，题材比较多元，流露出一个现代知识分子的担当。《金光大道》借用了浩然的书名，却用来赞美南北韩领袖二金的握手：这一握，"让人类有史以来最大的军火商／再失去一个市场"。《噢，门》变奏回归中国的澳门，很富创意，一结尤饶余味："噢，门／可以自由开启／可以继续自由出入的门。"《问顶玉山》不但题目取得好，兼有"问鼎"与"攻顶"的双关，而且全诗通透明畅，令人感觉高处果然不胜其寒；末段尤见警策：

这峰顶上的座椅

已被时间磨成玉冠

被人间磨成锯齿

"一切的峰顶"从初生向死亡琢磨

一首诗真能割裂天空

（请倾听那听不到的声音）

这峰之锋

有风如刀

是海峡向东的屏障

是环太平洋岛链的最高

　　第二辑的另一特色是记述交游或专写人物，多达十一篇，多少都有画像的感趣。其中包括对岸的诗人艾青、舒婷、沈奇，此岸的作家商禽、叶维廉、吴晟、锺乔，学者吴潜诚等。这一类的交游诗无论在中国或西方的古典诗中都常见到，反而在现代诗中不但少见，而且难得佳作。多年来现代诗强调个人的孤寂、内在的独白、玄秘的冥想，诗笔早已疏远了交游赠答的诗艺。其实以人物入诗，尤其是以朋友入诗，需要平淡而隽永的诗艺，对诗人真正是一大考验。这类诗，现代诗人很少能工，正如抽象画家往往拙于画人像一样。詹澈这些诗中，当以写艾青的那篇《艾草》最好，因为此诗用朴素而清刚的笔锋追摹艾青那种板画似的自由诗体，颇得真传，首段与末段尤甚自然、有力。可惜首段末行"有过艾草未被燃烧前顽强的生命力"一句，如果省去"力"字，当更整洁、浑成。我一直觉得艾青是一位博大浑淳的诗人，但论语言的弹性与紧凑，则尚未达于至境。詹澈师法艾青已有所得，似乎可以"转益多师"而精益求精了。

第二辑也是全书最后的那首《河间人亡于瓜月》，是一篇上佳之作，也是现代诗亲情主题罕见的珍品，看似平淡，却寓深情于细语，孝思耿耿，孺慕眷眷，真有阴阳界上殷殷惜别的体贴与周到，令人泫然。这首诗的题目取得好："河间"是祖籍河北的古称，有慎终追远的深意，"瓜月"指夏季瓜熟蒂落，也贴切果农的身份，尤合于作者父亲逝于壬午年阴历六月的事实。同时七字之中，前面六字皆平声，末一字用仄声拉起，前面的"瓜"字又分外朗亮，所以音调十分圆浑。后四段均以同一叠句开端，而一连五段均为九行，既呼应又整齐，是挽歌有效的形式。全诗节奏低沉悠缓，意象有佛教的悲悯与超脱。贴耳细诉，足见父子情深。溪水东流，有时光不驻、归源返

本之感，何况卑南溪甚至台东一切溪水原都东流入
海。此诗最宜熄灯燃烛，在台上低声慢诵，当必十分
感人。

二〇〇三年三月二十八日于高雄左岸

别有彩笔干气象
——我读"怀硕三论"

何怀硕手中的那支健笔，不但能画，而且能文。他的书法也很俊逸：三十年前为我所写的黄庭坚水仙诗，一直高悬我客厅的显处。何怀硕当然是卓越的名画家，也是犀利的评论家，笔锋所至，广阔的题材如生命与社会，专业的领域如中西画史与画家专论，无不雄辩滔滔，趣谈娓娓，动人清听。

到一九九八年止，他的著作已有十三册，但其中有部分重叠，而一九九八年所出的"怀硕三论"，即《孤独的滋味》（人生论）、《创造的狂狷》、《苦涩的美感》（合为艺术论上下卷）、《大师的心灵》（画家论），当为他一生评论核心。加上二〇〇三年新出的经验谈《给未来的艺术家》，评论家何怀硕的成就相当可观。

　　《给未来的艺术家》令我惊喜，因为所附的插图令人大开眼界，不但有中西现代画的名作，还有当代日本与中国的佳作，大多为我生平初见。而尤其令我兴奋的，是其中还包括何怀硕的最新作品《梦幻金秋》（二〇〇〇）与《观音山》三幅（二〇〇三）。另一新作《川端康成》肖像（二〇〇三），继以前的《吴昌硕》、《齐白石》、《黄宾虹》、《杜甫》之后，说明了何怀硕的人像画另有胜境，不容他当行本色的山水画完全遮掩。

　　《孤独的滋味》是何怀硕的人生论，是他在台港报刊所写的专栏中选出的六十六篇文章，题材自宗教到文化、美容到嗜好、自由到自卑、悲观到快乐，有的形而上，有的尘世间，有的说理，有的抒情，显示作者兴趣之广、学养之富。大致说来，作者的态度是严肃的，却不时透出幽默，甚至冷嘲热讽，有时更正话反说，大作翻案文章。例如《说减法》一篇，就指出现代人物欲太重，凡事贪多，反为所累，所以若求心安理得，就应舍无餍的加法而行有守的减法。又如《说自由》一篇，开端跟鲁索抬杠，径说"人乃生而不自由"，因为时代、地区、家庭、体质、相貌等等都已先天注定，不由自主。又说人之一生，孩时固然不能自主，老来又何曾能得自由；中间的青年与中年更是难关重重，沦为虚荣与贪念之奴，所以自拯之道只有在精神上超越这种种束缚。

何怀硕的文笔大致流畅自然，不时有警策之句；说理的时候不沦于单调，故有理趣，而抒情的时候则更见生动，富于情趣。例如《说今昔》这一段：

我们无法证明现代人爱情的"幸福"比古人更多更美好，但我们能够证明过去的爱情更深、更痴、更持久、更专一、更伟大。我们的"物证"是过去留下给我们的情诗、情书、爱情故事比现代更多、更动人。

《说食色》一篇，在布局、条理、论析上十分紧凑、明快，但在细节的描写上却生动、活泼，洋溢着谐谑的腔调，可称幽默小品之绝妙上选。这种文章最难把握分寸，稍一逾越就会坠入恶趣，但作者采用简练浅明的文言，忍住冷面故作正经研讨之状，而读者却忍不住，早已爆发笑声了。且看此段：

饮食之行为，不论如何恣肆，也只是口舌齿牙之动作。粗俗与文雅，属于个人风度，大体而言尚能维持文明社会之基本要求，故饮食可行之公共场所，且可集体享用。性爱之行为则大异其趣。裸裎相向、性器交锋、全身动作、汗流浃背，甚且呻吟号呼，地动山摇。故注定只能由当事之两人，行之于密室。

《说昼夜》一篇其实以夜为主，简直是夜之颂，也是一篇上佳的抒情散文。文章一开始，就引《创世记》之说，说蒙鸿之初，渊面黑暗，神说要有光，光乃诞生，可见夜之存在先于白昼。文章及半，散文的宣叙调变成了诗的咏叹调：

夜也是鬼魂、精灵与一切神秘诡怪与幻想的发源地……如果说白天是儒法的世界，夜晚就是老庄的天下；白天是政经法商，夜晚是玄思、诗与艺术；白天是纪功碑，夜晚是忏悔录；白天是媚日的向日葵，夜晚是悄然自开的昙云。

到了文末作者更沉痛其词：

我不大敢看钟表，一看到凌晨已数小时，黎明在即，便觉得好像门外有拿着手铐的"差人"要将我捉拿，回到白昼的现实世界中去服劳役。

凡此种种足以说明，何怀硕不仅是人生世态的评论家，更是相当出色的散文家，甚至颇具抒情散文家的潜能。其实中国艺术的传统本来就有"画中有诗"之说，非但画境有诗，抑且画上常常题诗，所以凡有中国文化修养的画家，本质上都是诗人，而会写抒情散文原很自然。所以在《绘画与文学》的长文中何怀硕就说：

诗为"精神理念"与"感性形式"之中庸，为客观艺术与主流艺术两端之和谐的结合。所以，我以为诗为一切艺术之灵魂。但这样说，似乎说一切艺术只是一个躯壳，我不是这个意思。换一句话来说，其它艺术与诗在最高精神上是殊途同归。

我曾有《缪斯的左右手》一文，比较诗与散文的关系，结论是："诗是一切文体之花，意象与音调之美能赋一切文体以气韵；它是音乐、绘画、舞蹈、雕塑等等艺术达到高潮时呼之欲出的那种感觉。散文，是一切作家的身份证。诗，是一切艺术的入场券。"此意与怀硕之说当可互相印证。

怀硕的艺术论上下二卷，体大思精，是他专业评论的扛鼎力作。其中的五十多篇文章里，有些地方会相互重复，但是不论研究的是艺术的本质、艺术与其它领域的关系、中外艺术史观，或是个别艺术家的评价，何怀硕的论述都"吾道一以贯之"，基本的信念谨守不渝，那便是：一位艺术家努力的方向，应该是在民族性的本位上发挥自己的个性；如果越过民族性而要追求所谓的世界性，则不但民族性会被架空，而且会发现，所谓世界性实际上只是文化帝国主义泛西化的幻觉而已。但是在另一方面，中国绘画的传统累积既久，陈陈相因，对现代画家的压力太大，无论在题材或技法上都必须突破，所以向西方借石攻玉亦为生机。不过，取法西方只是一种手段，不能误为目的，否则就会丧失自己的民族性。同时也不必赶着西方的潮流一路追踪步武，成为西化之奴。中国绘画需要现代化，但西化不等于现代化：西而不化，就不能为现代化带来生机。美容，毕竟不是变化体质的健美之道。正如何怀硕在《说美容》一文中所说："过度'美容'的后遗症就是'毁容'。"他更指出，改善中国绘画之道，也不尽在向西方取经。例如沿袭日久的文人画，养成了以简驭繁，以逸待劳，以不画为画，以留白为含蓄，以文人名士遗世忘俗自高，甚至沦绘画为文学雅趣之附庸。于是豪杰之士力图自拔，而有吴昌硕与黄宾虹向金石的铁画银钩去求古拙、任伯年与齐白石向民俗的江湖市井去求天真。

何怀硕的结论是：传统艺术要现代化，外来艺术要本土化。这信念与我在文学上一贯的主张完全相同。

除此之外，艺术论中另有篇力作值得注意。《论"抽象"》一文长达二万五千字，正本清源地析论了所谓抽象的本质与来龙去脉，结论是抽象亦象，不过是世人少见多怪的显微微观或放大宏观而已，所以原则上也是具象的一种而非具象的反义。何怀硕继而指陈几何抽象画与表情抽象画之得失，担心所谓抽象画如果完全抽离了人文精神，势将沦为冷漠或纷繁的形式主义，不能感动观者。近年来我自己对抽象画与具象画之相对价值也已有不同的看法，认为具象画中如西方布鲁果的《雪中猎人》(*Pieter Brueghel the Elder: Hunters in the Snow*)或中国范宽的《溪山行旅图》，其博大深沉，仍为任何抽象画不能企及。

《大师的心灵》一书是何怀硕的画家论。此书使我得益匪浅，不但可以认识中国现代画个别的大师，更可进而窥探百年来中国画史的演变。何怀硕在近百年来的画坛名家之中，严格选出了八位大师，依次为任伯年、吴昌硕、齐白石、黄宾虹、徐悲鸿、林风眠、傅抱石、李可染。

八位大师均已作古，所以画坛地位较易评价。论籍贯，八人依次来自山阴、安吉、湘潭、金华、宜兴、梅县、南昌、徐州。其中浙江三人，江苏二人，其余湘南、广东、江西各一人；几乎都是南方人，而以江南最盛，占了一半。论年寿，除任伯年（55）、徐悲鸿（58）、傅抱石（61）三人未登耄耋之外，其他五人都过了八十，而齐白石、黄宾虹、林风眠甚至都过九十。因此何怀硕强调，长寿对大画家的自然发展，积渐为雄，实为重要的条件。他更指出，李可染生平的杰作大都成于四十岁到六十岁，其后二十年并无进境；但是黄宾虹一生的修炼，却要等到八十岁以后才灿然齐发，臻于他自许的"浑厚"与"华滋"。

何怀硕所选的这"八大"正好可以分成两代：前一代四人的年龄较为接近，其所以伟大，取法于西方者少而得益于主流传统之外的中华文化者多，可谓善于借俗反雅，或借远古以反近古。后一代四人的年龄显然与前一代差了许多：徐悲鸿就比黄宾虹小了三十五岁，但比李可染只大十二岁。而更大的差异在于，后一代毕竟去古更远而于西更近，所以对中国艺术传统的反省，得益于西方艺术的外援者较多。徐悲鸿得之于西画者，以印象主义以前的写实主义为主。林风眠之外援则得之于印象主义以降。以林比徐，显得"现代"多了。何怀硕独排众议，认为徐悲鸿虽不够"现代"，却将循序而进的写实主义之扎实功夫介绍了过来，未始无功。傅抱石的外援却来自日本，颇受日本近代画家中经过中国水墨画熏陶者的倒流冲激。同时，傅抱石在日本留学，也认真地学了西方的素描。至于李可染"黑、满、拙、涩"的画面也常见明暗对比，浓墨之中每有神秘的水光树影，也隐含了西画的技巧。

何怀硕对自己所选的"八大"，从小就已敬爱有

加，及长，更在感性的羡慕之外再加知性的钻研，因
而行文之际学术的评析尽管严密，也难掩笔锋流露的
深情。这八篇专论，简明深刻，虽然没有学术论文必
备的注释，却都是扎实的好评论，也是生动的好散文。
我读了两遍，深受感动。

尽管如此，在篇末的评价里，何怀硕在盛赞之余，
仍不忘指陈大师的缺失。例如对李可染的评价，就指
出他晚年实际上是不进却退，但是立刻说明有此现象
的原因。最后何怀硕表示，李可染的技巧虽然圆满卓
越，但人文精神的蕴蓄却相对稍弱。他说：

最好的艺术作品内容的意义与形式的意义应该声
气相应；如果有所偏侧于形式的开拓，只要有创造性、
有独特性，其价值还应得到某种肯定。基于这个观点，
我几经考虑，仍把李可染列入近代大画家八人之一。

不过，李可染虽然"通融"了，张大千却未能列
入"八大"。何怀硕在序言里花了两整页的篇幅，来
说明何以名满天下的张大千不能入列。他列举的理由
我完全赞同。我认为张大千的功力实在神妙，于传统

技巧他无所不窥，真是一大行家，不愧西文所谓的
virtuoso（无求弗熟）。像毕加索一样，张大千也是一
位妙手空空的"神窃"，不过张大千技能通神，可惜画
中无我，而毕加索却能窃古变今，为我所用。

看得出，何怀硕心最仰慕的，是傅抱石。傅抱石风
骨高古，气质雅醇，于中国微妙的诗境最为入神，对怀
硕的感召显然颇深。也难怪怀硕给了他最高的肯定。

《大师的心灵》一书，由一流的名家来细说他孺慕
的前辈，诚然高明，而所附的插图也选得很丰富，可
以大开读者的视野。例如傅抱石的那幅《湘夫人》，印
证的诗境是"袅袅兮秋风，洞庭波兮木叶下"。那帝子
绰约的丰姿，那漫天降落的枫叶，衬着洞庭层层迢递
的风涛，那种神秘的清淡高雅，虽然没有波提且利的
《维纳斯之诞生》那么富丽、性感，但其微妙的魅力却
不逊色，连屈原见了，怕也会惊艳不已吧。好在枫叶
没用艳红着色，否则就堕入商业气息的陋俗了。

二〇〇四年七月

序短贺寿长
——读夏菁的《可临视堡的风铃》

　　在我的作家朋友之中，相知已达半个世纪的夏菁，应在少数至交之列。结交之初，我们都住台北，而且都在城南，来往方便，见面频仍；共组"蓝星诗社"以后，更是如此。其后我们先后去美国读书、教书，工作动静不一，良会遂少。一九六九年我初去丹佛，曾往机场接了夏菁、杏涓，并开车送他们伉俪去更近落基山麓的可临视堡。其地背负巍巍众岳，俯临一展千里平铺数州的中西部大草原，真是大可临视。当时却未料到，此情此景，日后竟是故人晚年吟咏终老之乡。一九八五年，我们夫妇同去该地，在夏菁府上一宿，并享受了杏涓的美肴。他家轩敞明净，花木怡情，加以落基雪峰皑皑在望，令我油然而羡老友终于"欣托有庐"。

果然，《可临视堡的风铃》印证了我的预感：此集的八十篇散文小品正是作者从一九八八年到二〇〇二年的十四年间在他的"边堡"与"雅庐"中俯仰天地的所感所思。

夏菁将这本文集分成两辑，自谓前辑的五十一篇文章，以生活环境、时代省思、旅游观感为主题，后辑的二十九篇则记述人物、友情、家庭。简言之，即前辑写地，后辑写人。其实两者很难区分，只是有所偏重而已。我倒觉得，这八十篇小品可以更加分类，成为自述、亲友、记游、妙想、杂论五种，每种都有代表的佳作。

自述的作品当然很多，《自剖》、《只炒此一回》、《风水生涯四十年》、《折腕度年》、《沧桑罗马行》、《皎皎儿时月》都是佳例。其中《风水生涯四十年》一篇，顾名思义，容易误会是作者做过风水师的回忆；读后才笑悟，原来所谓"风水"是指作者以水土保持专家的身份，四十年来如何为自然生态防风治水的事业，足见夏菁取题每有妙趣。他例包括《拨钟入春》、《男女无别》等篇。《折腕度年》、《沧桑罗马行》两篇自述生平两大劫难，在记叙肉体受苦的过程，却少见怨愤而能豁达自宽，甚至不掩谐趣，是夏菁性情使然。

亲友一类可以《战争与母亲》、《赏花人语》、《梁门雅趣》、《圆桌》等为代表。其中梁门是指当年我们常联袂去拜见的梁公实秋，战争是指抗战。《赏花人语》因花及人，描写到素有"绿手指"的夫人杏涓，最富鹣鲽情趣。《圆桌》则为"蓝星诗社"的几位诗人素描了侧像，虽未提名，却不难猜。

作者曾任联合国粮农组织专家，为了促进环保，去了不少国家，所以本书记游之作亦多，仅江南之行就有四篇，他如美国、牙买加、土耳其、圣露西亚等地也都入了游记，而以《土耳其之行》最饶谐趣。

至于妙想之类，则以《壁虎和黄昏星》、《啄木鸟》、《最长的一日》与《臆测未来》同题三篇为代表。《壁虎和黄昏星》与《啄木鸟》均洋溢着想象，非诗人无能为力；《啄木鸟》更饶谐趣。至于《臆测未来》三篇，夏菁凭他科学的素养、博览的见闻与活泼的憧憬，描绘出第三个千禧年的新世界；这种文章我就写不出了。其实《江南之游》的第三篇幻想葬身的几种方式，也设想奇妙。

　　杂论一类的文章包罗很广，但大致都因作者久居美国，深知这世界首强在"进步"之余亦难掩病态与隐忧，所以在负面着墨较多，俾东方国家知所警惕。《下午三点以后》、《养不教，谁之过？》、《向哥伦布算账》、《男女无别》、《都是计算机的错》等篇皆属此类。

　　半世纪前，夏菁和我同拜于梁实秋先生之门，受益不浅。梁公咳唾生风，庄谐并作，有时我阳奉阴违，不尽听信。我要译《梵高传》，他说节译便可，我却全译。我去美国，他劝我不可开车，我却学了也开了。梁公为文，以短为上，崇简洁之为美德，所以"雅舍"文章罕逾两千言者。这一点，夏菁却力行终身，我则另有打算，竟上了梁公力斥而徐志摩力探的"跑野马"之征途。

　　不过，两千字以内的小品，仍有够大的乾坤可供散文家发挥。夏菁在如此的篇幅里也写出了不少耐人寻味的作品，例如《剑道即人道》就是一篇知性明澈，论析中肯的文章。《出门趣事多》写他在今日大陆旅行的四次经验，有负面，更多正面的同胞感情；其中《岳王庙的奇遇》一段饶有旧小说的趣味，而《卧车中的礼让》更兼有幽默与同情，没有夏菁谦让而温厚的天性，是写不出来的。书中的佳句妙语可引的不少，例如《只炒此一回》自述在美国夸口要大请客，手艺却毫无把握，而客人已闻香将至："忽然惊觉到名单已备，菜单还在虚无缥缈之中。"《土耳其之行》写该国币值太低，动辄五六位数字；夏菁建议他们减去几个零，该国官员竟答："这样，我们就做不成百万富翁了！"

当年夏菁和我同在台北，曾发豪兴，相约八十岁同登泰山赋诗。那时只道岁月尚多，夸下海口再说。可惊一弹指间已到了眼前。泰山早已在等待人了。明年秋天夏菁就是一位 octogenarian 了，且以此序预为故人贺寿。

二〇〇四年八月

指点迷津有书迷
——序李炜的《书中书：一个中国墨客的告白》

中国文化悠久，典籍浩瀚，读书人藏书既多，乐于坐拥书城，品味书香，日日俯仰其间，但与鸿儒交接，更成了书痴。《晋书》说皇甫谧"耽玩典籍，废寝与食，时人谓之书淫"。所谓书香，不仅是指纸张与油墨的气息，更可喻文化熏陶的气氛。那当然是指中国的线装书。

至于向右阅读向左翻书的洋装书，有没有书香呢？当然也是有的，对于本书的作者李炜来说，更加如此。从这本《书中书》看来，李炜读过的西书应该十倍于我：他说到的欧洲作家，例如但丁的时人切科·安杰奥列里，我就未之前闻。李炜说到他时，也不是当做僻典杂学拿来炫耀，而是拿来与但丁对照，说明经典名著的光芒，也可能遮没了一些值得后人欣赏的佳作。

　　《书中书》一共谈论了三十位西方作家，其中英语国家的有九位，其他的二十一位里仅聂鲁达是智利人，余皆属于欧洲大陆。至于时代，则兼容古今，远则荷马、修昔底德、西赛罗，近则涵盖二十世纪。论身份包罗诗人、散文家、小说家、评论家、思想家。三十篇的命题也别出心裁：先则提出人名，后则应以相关的观念。人名也有一些例外，像浮士德，其实是许多传说依附而成的人物；像阿喀琉斯，根本是史诗的英雄；再像娜德希塔，乃是俄国诗人曼德尔施塔姆之妻。

　　李炜虽然年轻，西学之博中有精却相当惊人，令我想到钱锺书，不过钱公另有国学的深厚，非他人可以攀比。除了三十篇的题中人物之外，《书中书》涉及的名家与非名家至少逾百。这么多人穿来插去都各得其所，或旁征主题，或增加风趣，为全文推展之所需。有时作者意犹未尽，更左右逢源，添上旁白，就像正餐之余再上甜点，足证厨房里异味尚多。

　　这些文章当然不是正科的论文，但是都深入浅出，娓娓道来，自然而又亲切，像是在抒情，又像是在说故事，其实背后的道理十分深沉，足以延伸为令人心烦的长篇大论。作者往往从小处、近处或侧面切入，似乎在讲一件趣事，但几经峰回路转，竟把读者带进了主题。所谓的小处或侧面，有时是一封信，有时是一段日记，有时是一段对话，把作者和他的朋友抬杠的问答编成了一幕小戏。

李炜的文体活泼生动，少见学院派面无表情的严整长句，在句法上颇有弹性，而遣词用字也多用简短浅近的语汇。这手法在他对戏剧性的主客回答之中，尤为奏效。另一特色在他的幽默与想象，说明他如果转而从事创作，也当有优异的表现。他认为阿喀琉斯非但不是什么英雄，反而只是自私的佣兵，所发之盛怒也不是出于正义，接着他忽然说："如果阿喀琉斯生于今日，监护人一定会让他去参加什么研讨班，学习如何收敛脾气。"谈到纳博科夫与威尔逊对亨利·詹姆斯的小说意见相左，李炜又说："有些人成见如同金刚石一般顽固，几乎可以用来切割玻璃。"

在评论浮士德与魔鬼交易时，李炜想象如果他自己要跟魔鬼谈条件，至少应坚持要一辆"火红的法拉利"；英文的原稿是 a fiery-red Ferrari，双重的头韵可比美霍普金斯（G. M. Hopkins）与乔伊斯，可惜中文译不过来。

　　《书中书》是一位才学出众的书痴写给天下书痴共赏的一部奇书、妙书、绝书，在网络要颠覆书香的今日，尤其值得所有的"读书人"来细读。唯一的遗憾，是书中的绝妙奇文几无一字道及中国的墨香、书香。只能寄望墨客未来再出一本续集了。

　　　　　　　二〇〇六年十一月二十四日于高雄

故国神游
——序《历代散文名篇》

在波澜壮阔的中国散文之中，游记是非常独特的一类，但是散文家未必都擅写游记。散文家有专才与全才之分。专才或善于议论而拙于抒情，或适相反；全才则无论知性的议论或感性的抒情，都游刃有余。游记在散文之中，原则上该是感性重于知性；因为游必有地，亦必以时，地有景色，时分先后，所以游记不可能不写景叙事。至于情，则因景缘事而起，景在眼前，事经身历，俯仰流连之际，自然而然已抒情过半，只需在紧要关头，画龙点睛，略吐胸中的感想，抒情便臻高潮。

一般游兴多在山水，所抒之情大致也是对造化的赞叹，亦即王羲之所谓的"仰观宇宙之大，俯察品类之盛"。至其极致，便到了柳宗元所谓的"心凝形释，与万化冥合"之境。山水游记的最高境界，往往是融哲学与宗教于诗兴之中。难怪《历代散文名篇》的二十七位作家之中，诗人占了十四位，而全书三十五篇游记之中，诗人所写的占了二十篇。

游记有时有地，当然更有人。有了人，当然要叙事、抒情、议论。没有人，也可以专写景色、论形势，便成了山水记或方志，属于地理学了。例如《水经注》，不但考述地理人文，而且善于写景，常为后人诗文写景的依据。《三峡》一段综述四季景色，乃是当地常态而非某人某次的经历："每至晴初霜旦，林寒涧肃，常有高猿长啸，属引凄异，空谷传响，哀啭久绝"之类的名句，千古美之。但是山水之中没有人物活动，所以该是山水记而非正宗的游记。

这本《历代散文名篇》虽以游记散文为主，但是对游记的认识，采广义从宽，所以《三峡》也能入列。他如咏物、述志的《爱莲说》与《陋室铭》等，也从宽收容。至于《秋声赋》，写的虽然是秋夜风起、寒斋独坐的心情，却将悲秋之感提升到哲学的观照，而彻悟生命之变莫非造化之常。这当然不能算普通的游记，却不妨认作神入造化、心游太玄吧。

其它多篇游记散文，当以山水为主，风土人情为副，形形色色，见智见仁，但都不出两个极端：一是议论多于抒情，另一则是抒情多于议论，简而言之，则是一端知性，一端感性。例如王安石的《游褒禅山记》，事简景稀，游兴原就不浓，议论倒是发得不少。方苞的《游雁荡记》也是如此。两者志不在游，只在借题发挥而已。他如苏轼的《后赤壁赋》、范成大的《峨眉山行记》，纯然写景、叙事，全篇不涉议论，完全投入其地其事，可谓感性游记之典型。又如柳宗元之《小石潭记》、张岱之《湖心亭看雪》，事少而景切，寥寥数笔，画面逼真，均为游记之绝妙小品，可玩一如画中的扇面册页。

书中大多数的游记，则介于上述两端之间，比例虽不一致，但知性与感性之间均能相辅相融。例如苏轼的《前赤壁赋》与《石钟山记》，便都抒情饱满、议论纵横，均为感性与知性兼胜之作。范仲淹的《岳阳楼记》亦可作如是观。这一类夹叙夹议的作品，才是游记散文的上选正宗。

　　有选必有所遗，任何好选集都不能免。不过本书选了二十七位作家，唯独缺了华山夏水的第一知己徐霞客，却令我不解。

　　每一篇古人的正文之后，都附了一篇白话文的"意译"，篇幅往往是正文的五六倍。初看似乎太冗长，在正文的诠释之外，似乎发挥太多。及至发现除此之外本书别无批注，才知道批注已经融入意译之中，一事不烦二主，已经一并解决了。

　　例如陆游的《入蜀记》之一，开头的一句："九日，微雪，过扇子峡。"意译就说明是陆游"重新起用，入蜀为官……干道六年（一一七〇年）十月九日"，把时空关系交代清楚。又如罗文俊的《游岳麓记》有这么一句："嗟嗟，逆气扇虐而后，湖湘人士残敝已极。"因为罗文俊生平不详，我还以为是指太平天国，看了意译才发现原来是指"当初吴三桂反叛的狼烟乍起，民生凋敝，湖湘的读书人飘零已极"。所以意译确有帮助。

　　不过，正文也好，意译也好，毕竟都是文字。大好的华山夏水，真的像《水经注》与《徐霞客游记》

所写的那么神奇吗？真正可以拿来印证的，除了巍巍五岳、迢迢九州岛之外，于古，还有许多名画；于今，还有日趋精美的摄影，可以助兴。名画，是虚而美；摄影，是实而真。《历代散文名篇》之动人，恐怕有一半要靠这些虚实相生的"插图"。

本书三百多页，每页都有插图，有时还不止一幅，可惜小幅一点的往往不注出处。这些精选的插图美不胜收，有些是书法，例如王羲之的《兰亭集序》，文征明的《岳阳楼记》与《醉翁亭记》。更多的是江山多娇的摄影：有些确是针对正文所记的景点，可以指认；另有一些则是增添气氛，可以图文相彰。钱谦益《游黄山记》所附的几帧摄影，简直要和正文比美。一九九九年秋天，我曾应邀在岳麓书院演讲，所以罗文俊《游岳麓记》一文所附的摄影最令我惊喜。

不过书中最动人的插图，仍是历代山水人物的名画，作者从米芾到钱杜，令人应接不暇。其中选得最多的是明清的大家，尤以陈洪绶、石涛、任伯年为主，令人大开眼界。石涛的《黄山图册》妙想入神。陈洪绶的《杂画册》之四，激湍回波，构图奇美。任伯年之作多达十三幅，无一不妙，可惜《承天夜游》一幅，有其画而未选东坡的绝妙小品。如此名画，才配得上如此名篇。对照之下，似乎观赏了一场散文大家与丹青高手的创作比赛：故国神游，还有比这更妙的方式吗？

二〇〇四年六月二十七日

附注：此书二〇〇三年由上海华东师范大学出版，后由香港明窗出版社出繁体字版。

心花怒放的烟火
——余光中跨界序集

第二辑

腕下谁能招楚魂？

　　"傅抱石的世界"画展，大而至于三五九公分宽的《九老图》，小而至于二十八公分阔的《唐人诗意图册》，一共展出傅氏的代表作一百二十余幅，是近年艺坛的一大盛事。先后两次，我专程北上，入屠门而大嚼，总算亲炙了中国现代绘画最富古典诗意的这位大师。能够如此密集地恣赏到这么多杰作，我的快意几乎像一九九〇年在荷兰饱览凡·高的百年大展。湘夫人脉脉的眼神一路从台北，不，从洞庭湖睇我到高雄。

　　傅抱石高超的艺术，在山水与人物两方面都有贡献。他的山水不但独创皴法，而且善于布局，一图之中不但气吞大局，而且精营细部，能放能收，亦秀亦豪。例如《携琴探幽》一幅，无论布局、色调、皴法都浑然一气，高奇清古之中透出飘逸的神韵。我神游其中，幸福有如仙人。

　　傅氏的人物多取自传说、历史或文学艺术。无论是屈原的沉郁、文天祥的忠贞、怀素的出神、谢安的自在，他腕下的人物，传情首在眼睛。无论是表情或体态，勾勒或用色，他的人物画都宁苦不甜、宁涩不滑、宁拙不媚，总之都不落俗气。

　　其中傅抱石屡画不倦、老而更妍的一题，是"湘夫人"。他不但画过《九歌》众神的图册，还画了巨幅的《云中君与大司命》，但是最令他专情的是《湘夫人》。在这次台北的画展中，我们看见的《湘夫人》，有四幅之多，依次作于一九四三年、一九四五年、一九五四年。显然，这主题他愈画愈好。一九四三年最早的一幅，只见木叶纷坠，却不见洞庭波起，而湘夫人也不如后来的三幅那么生动自然。一九四五年的一幅，添了湖波，但是湘夫人只有侧影，而画面的立轴太过狭长，难以展现浩淼的风波，可惜了。

　　公认为杰作的一幅，作于一九五四年，是一一八公分乘二〇五公分的横阔巨画：湘夫人在画之中央偏左，半侧向右凝睇，湖波层叠，枫叶纷飞。中国古代虽有西施一类美人，但最令诗人神往的却是传说的湘君。湘君与湘夫人，究竟是舜之二妃，还是一对神仙夫妇；还是湘君指正妃娥皇而湘夫人指其妹女英；还是应依王逸之说，认为湘君自为一水神，而二妃皆为湘夫人？自古未有定论，简直一笔胡涂账。不过傅抱石显然认定湘君与湘夫人并为尧女舜妃，亦即娥皇、女英；他画的两幅《二湘图》就是确证。

　　一九五四年的这巨幅《湘夫人》可谓神的具体，美的典范。其美，不可以西方的标准，例如《维纳斯之海诞》，来作衡量。这两幅杰作之间的联想，很难避免。维纳斯是爱神，从海浪中诞生。湘夫人为爱殉情，泪洒竹上，斑斑留痕，葬于洞庭之山，成为湘水之神。两位女神都是诗人历来歌咏的主题。一湖一海，两幅名画都以风起浪涌的水面为背景：维纳斯背后的海天，有一线水平分割；湘夫人的背后烟波浩淼，水天几乎一色。最有趣的，该是画面都有风来：维纳斯的金发向右侧飘扬，因为风神"若飞"（Zepher）从左飞来，正向她鼓腮吹气；湘夫人的乌鬓向后飘曳，因为"袅袅兮秋风"正迎面吹来。更巧的是，"若飞"吹的也正是西风，还吹落了朵朵玫瑰；而洞庭湖上的西风也吹落了片片的枫叶。两幅名画都是美之极致，却在构图上如此巧合，甚至巧对。

　　如果波提且利（Sandro Botticelli）能来台北看傅
抱石的画展，走到这幅《湘夫人》的前面，一定会十
分惊艳，发现美人也未必要裸体，黑鬐又何输金鬟，
锈蚀的落枫也不逊盛开的玫瑰吧。

　　这幅一一八乘二〇五公分的大画，可谓镇展之宝，
可惜才过了半个世纪，竟已裂痕可数了。春与秋其代
序兮，恐美人之易老；得要珍惜维护了。幸好《九歌
图册》之中，另有一幅《湘夫人》，也写于一九五四
年，篇幅虽然不及大画的十分之一，但端庄明艳却更
胜前作。此幅可见女神转过身来，美目眄左，衣带翩
然，却迎风飘右，落叶萧萧，亦随风旋舞，千浪起伏，
远接天边。湘夫人的容颜白皙姣好，遥盼天涯，似有
所待。衣裙与水天几乎浑茫一色，呈鸭蛋壳青，冷艳
与前画之浅橙暖氛，形成对照。

　　傅抱石对湘夫人的仰慕深情，不但绘之再四，而
且意有不足，更发为姐妹媲美的《二湘图》，将二妃
对照，供于一图。傅氏于人物，单像与群像兼擅，尤
擅在群像之中，正侧向背，将人体安排成变化多姿的
多元空间。在《擘阮图》与《雅乐图》一类的杰作
里，他将三人置于正侧交错的方位，安排之妙有如室

内乐之三重奏。《二湘图》他至少写了四幅：两幅写于一九四六年，另两幅则写于一九六二年，布局上均似二人对舞，很有作曲中对位的技法。早年那两幅虽有高低起伏之姿，却限于太窄，有碍飘逸。晚年那两幅成熟多了。两图布局相同，差异只在一纵一横，落叶纷飞方位各殊。画家自题："辛丑岁暮，得旧楮试笔写此，兼为钧儿示范也。"画面二妃半侧相对，落叶随风，衣袂翩然，一妃执扇，姿态宛转；一妃远眺，若有所失。人体之呼应，表情之默契，衣袂之共舞，枫叶之翻飞，合成一曲和谐无比完美无憾的颂歌。傅抱石谦称此图只是课儿示范之随笔，也许他自己都未料到，晚年炉火纯青，游心信手，落纸皆成妙谛，戏笔示儿，竟得此神品。对比之下，反而显得早年的那些"湘夫人"，意匠经营，求全心切，太辛苦了。

这幅《二湘图》写于一九六二年，距傅氏逝世只有三年。那时他应付政治需要，虽也努力画了《煤都壮观》、《丰满道上》、《关公桥》一类进步艺术家该画的题材，结果恐怕都事倍功半。倒是他一生萦心不忘的人神之恋，对湘夫人美丽而哀愁的不断追求，老而弥痴，笔下仍能潇湘招魂，令我感动。

　　《煤都壮观》一类作品，对于像傅抱石这样的大师来说，只是"交差"。在他晚年，只有《平沙落雁》、《山高水长》、《听泉图》这些杰作，才是他诗心画魂深刻的探索。

　　　　　　　　　　　　二〇〇五年三月十四日

心花怒放的烟火
——陈正雄的抽象艺术

三十多年前在台北，蓝星诗社的同仁聚会时，常有一位画家在座，我们称他为"蓝星之友"，更邀请他做诗社的"艺术顾问"，不但列名诗刊的同仁阵容，还将他的作品刊于封面。他是继杨英风之后，慨以作品来辉映蓝星的另一位艺术名家。他，正是今日名闻中外的抽象画家陈正雄。

一九七二年底，陈正雄在台湾省立博物馆举行画展，我在该年十二月十八日的《中国邮报》上刊出一篇英文的画评，对于他当时的风格有简要的分析，并指出他画艺的发展，是从具象转为抽象，但仍与其他抽象画家的风格有异。

我指出，当时他的风格虽已趋向抽象，却仍隐约可窥山水的格局，而且像其他同行一样，巧接了中国古典山水的传统，在画面大幅留白。不过，他人留白，常在背景；陈正雄之留白，却敢于放在前台。我又指出，他人用色，主攻黑白对比，从浓墨到浅灰，经营的多为单色系统；陈氏着力，却五色缤纷，但主客有序，能够调谐。

我更指出，陈氏用色的结构往往以深色或亮色为主而以相反的色彩为对照，或以相似而渐淡的色彩来缓冲：其整体效果，对照时有戏剧的张力，呼应时有抒情的韵味。

最后我说，陈氏的用色与造型虽变化多姿，但整个画面常洋溢着愉悦的心境（mood of goodly cheer），所以我称他的画艺为"丰美的洞见"（the exuberant vision），那篇画评亦以此为名。

三十年一瞬而过，陈正雄的成就已历经国际艺坛与两岸画界的肯定，刮目再看，不仅画艺益见精进，而且画学更加专深，对抽象表现的追求更见透彻，同时反顾本土，对台湾原始艺术的收藏与推广也卓有贡献。这一切，国内与海外的报导与评论已经很多。陈正雄的评价《画布上的"欢乐颂"》，由知名作家祖慰执笔，画文并茂，即将在大陆出版。

陈正雄探讨现代抽象艺术的至纯之境近四十年，迄今仍孜孜不倦，像他这样目标坚定、理论贯彻始终不渝的画家，已经罕见。

抽象画创始的双杰，是荷兰的蒙德里安与俄国的康定斯基，其实都生于十九世纪后半期，距今都早逾百年，不能算"前卫"了。简而言之，蒙德里安具古典的清明与自律，有亚波罗的静观自得；康定斯基具浪漫的热烈与奔放，有戴奥耐塞司的生动自然。康定斯基的律动近于音乐，蒙德里安的沉静则近于数学，尤其是几何。美国女诗人米蕾（Edna St. Vincent Millay）的名句"唯欧几里得见识过赤体之美"（Euclid alone has looked on Beauty bare.）可谓一语道尽了抽象艺术的神貌。

年初，董阳孜以"字在，自在"为名在台北开过书法展，我曾为文指出她的狂草简直通于"抽象表现主义"的所谓"剧动画"（action painting）。这种近于扶乩的忘情创作，应可追溯到康定斯基。陈正雄基本的风格该是抽象的表现主义；当他忘情放手，意到神来，在单一的底色或交叠的五彩之上挥洒色点、色块，或者驰骋抛物线条，颇有波洛克的自由写意，更有

"剧动画"的奔放快感。但是他的构图与用色都即兴而作，比较潇洒，与波洛克厚重密实的交织成网不同。

陈正雄的另一风格比较沉稳、凝练，可容赏者从容静观，不像前一风格的高速律动逼人眼睫，不让赏者休憩。这一类作品的构图，常见色彩的板块主客呼应，重心稳定，背景则大幅留白或大幅单调，给赏者的视觉以开朗的空间。这一类布局主客有序而色彩浓淡有层次纵深的作品，正如作者自己所言，巧妙而间接地向观众暗示山水如一则隐喻，最能满足观众的美感，因为它有立体感，不像前一类作品将一切造型压成逼在眼前的平面，更因为它慷慨留白（或留其它浅色、单色），不像前一类作品将视域填满、不留想象的余地。

以下且举数例，以明吾意。

《海舞》（一九七六）泯去一切细节，以层次有别的海蓝色营造出岸与浪甚至风的隐喻，而予人海阔天空之感。物象仿佛迷离，不黏不脱，正是抽象画艺之妙。

《海舞》（一九八三）用黛青高叠的色块，节奏生动地在左下方的画面营造前景，有惊涛拍岸的隐喻。

至于右上方茫茫的"留紫"，则不落言诠地交给神秘的天空。整个画面的色调呼应得和谐而浑成，有冷艳惑人之感。

《四季之二》（一九八六）以浓黑与深蓝为主，散红与碎绿为副，并衬以浅紫怯怯、淡黄隐隐，在白底上营造出一派春光明艳的繁华。手法高妙，好像把米罗的天真静趣，用一枝着魔的牧笛全唤醒了。

《蝶影》（一九八九）用黑白纵横的前景笼罩在嫩绿娇黄的背景之上，十分抒情，虽然没有任何暖色相助，竟能隐喻出似真似幻的花痴蝶梦。此幅的清雅与前幅的富丽，形成突出的对照，可见作者调色之变化多姿。

《嵩高》（一九九〇）一幅，题目已佳，不但高高在上，而且山外有山。画面予人的幻觉，不是仰视，反而是俯视。观者莫是仙人，俯视可见积雪，或是浮云？背景遥遥应答鲜明的前景，像次旋律追随着主旋律。不过这些都太落言诠，质之画家，恐怕只能虚应一声"此中有真意，欲辩已忘言"了。纯就画艺而言，则调色与造型两皆高妙：低调的橙红与高调的白艳对照极美，再用暗红、纯银、瘦黑在其间穿引成趣，诚为绝色。又一次见证陈正雄确是"好色"高手。

《蓝天之两岸》（一九九三）更是造型与用色双捷的妙品。这一次前景的布局戛戛独造，从画面的左上方大笔淋漓一直挥洒到右下角，高速甚至超速的气势骇目夺神，令观者气为之旺。想不到两侧的背景竟是那样绝情的酷蓝，深邃得那么神秘莫测。画的是银河吗，比银河更神话；或者是瀑布，又比瀑布更童真。其实何必要追究落实呢？这不过是陈正雄心花怒放的烟火罢了，妙在这烟火永不熄灭。

《蓝与黑》（一九九二）用来做一九五六年至一九九三年《陈正雄回顾展》画册的封面，足见画家如何自珍。此画确也值得放在封面，因为它可以见证画家厚重纯朴而且沉潜的一面，与他姹紫嫣红的甜美常态截然不同。钝蓝、糙黑加上挫灰，组成了肃静低缓的视觉压力，庄重得十分耐看，又有低音管（bassoon）甚至土巴号（tuba）深沉的效果。

确实，陈正雄的抽象艺术常给我音乐的感觉：无论是七彩缤纷的急管繁弦，或是主客二色的此呼彼应，像协奏曲中众乐与独琴的问答，或是数色对话如三重奏、四重奏室内乐娓娓的清谈，他的画总像是在斑斓的光谱上弹琴，每到高潮，简直就迸发而成色彩的嘉年华会。也难怪为他写传的祖慰，径以《画布上的"欢乐颂"》为书名。我倒觉得在音乐家中，陈正雄流畅无阻的欢悦节奏毋宁更令人想到莫扎特。

近六七年来，画家有意收起霓虹变幻的魔法，改向静态构图与文字线条的探讨，乃有《窗》、《玉轮》、《文字之舞》等系列的新作。诸如《窗99系列》之方里套方，《玉轮系列》之外方内圆，都用中国书法为其肌理，对不识中文更不识草书的西方观众而言，这些神秘的线条只是"有字天书"，更添抽象艺术的玄妙魅力了。

二○○三年七月

无愧于缪斯
——朱一雄其人其艺

二〇〇六年的清明节，厦门大学八十五周年校庆的盛大典礼刚刚结束，散场的两千校友之中，有两位老者在熙攘的人群里忽然相遇，先是一惊，继而一喜，一呼，一笑，终于相拥在一起。这激情的一幕，第二天出现在《厦门日报》上，成为最自然、最生动的照片。

照片中的二老，就是我和朱一雄学兄。他在厦大比我要早五届，所以当年我们并不认识。我们的初遇是在一九六一年，在马尼拉：当时两人加起来还不满七十岁，去年重逢，却超过一百六十岁了。

初遇在马尼拉，是因为那时我正在师范大学任英语系讲师；那年五月，菲律宾的侨教界举办了一个文艺营，邀王蓝、王生善和我去讲学，就住在一雄的府上，深深感受到他和夫人庄昭顺女士的好客热情。当时他们伉俪在侨教界十分活跃，与施颖洲、柯叔宝、亚薇、本予等合作，对促进中国台湾与菲律宾文化的交流颇有贡献。另一方面，一雄身为杰出的艺术家，在菲律宾国立大学及东方大学任教，与该国艺术界互动亦多，在菲二十一年之中曾十次当选为全国美术协会理事，并曾十次举行个人画展。

当时我在一雄府上做客一周，女主人对我们这些台湾来客照顾得十分周到，真正不愧宾至如归。他家的四个女儿也像母亲一样秀美清雅。后来我自己也有了四个女儿，做父亲的心情当能相通。其实一雄与我相通之处并不限于厦大同学与四女之父。一雄是江阴人，我的母亲和妻子都是常州人，皆属江南，相距只四十公里。一雄之家当然是艺术之家；我呢译过《梵高传》，写过不少论画文章，修过一门课"现代艺术史"，长女珊珊有堪萨斯大学艺术史硕士学位，并译过《现代艺术理论》二卷与《旷世杰作的秘密》，四女季珊留法研习设计，吾妻我存赏玉藏玉，并在高雄市立美术馆担任义务导览十年：我们也堪称艺术之家了吧。

我在朱家做客期间，一雄曾带领台北的客人与当地的画家去塔阿尔湖野餐写生，令我印象深刻，写了一篇抒情美文，即以湖名为题，后来收入散文集《左手的缪斯》里。文中有这么一段："画家们也开始调颜料、支画架，各自向画纸上捕捉塔阿尔湖的灵魂。在围观者目光的焦点上，丹锋，这位现代画家，姑妄画之地画着，他本来是反对写生的。洪洪原是水彩画的能手，他捕捉的过程似乎最短。蓝哥戴着梵高在阿尔戴的那种毛边草帽，一直在埋怨，塔阿尔湖强烈的色彩属于油画，不是抒情的水彩所能表现。"

文中的丹锋就是一雄：当时他不但反对写生，恐怕也不赞成写实的具象。事隔四十六年，我已经不很记得了。最近收到他的女婿戏剧家纪蔚然先生寄来的《朱一雄山水画第二集》和一片十六幅山水画的光盘，供我为一雄在国立台湾艺术大学的回顾展写一篇序言，才发现这许多年来他的艺术与艺术观已变了许多。仅凭这有限的数据要为今日的故人写一篇序，当然是不够的。我所能为力的，恐怕只能写一篇间接而且不全的观后感了。

一雄在厦门大学攻读中文系，在马尼拉的圣多马斯大学改读美术院，前后的融合成就了他绘画的诗情画意。中国水墨画的传统赋他以基本的技巧，美国东部和西部的风景提供他取材的对象，两者如何调和对他是一大考验。这考验是双重的，不但对他身为画家，而且对他身为教画的老师：必须练成一种兼顾并利之道，始可律己而且度人。

我认为一雄山水画的艺术，是善用中国哲学阴阳相济之道。简而言之，可分三层来说明：一为大笔写意，细笔写趣；二为着墨为实，留白为虚；三为前景为主，背景为客。

例如在菲律宾时期所作的《大芋叶》，用大笔画枝，阔笔涂叶，然后用工笔细线来写地下的蜗牛、空中的蜜蜂，乃收对照之功。再看《风雪夜归人》一幅，诗句出自刘长卿的"柴门闻犬吠，风雪夜归人"。大笔的开阔雪景之中，有两人持伞过桥，家门已遥遥在望：归人与家门两者都用工笔细描，收聚焦之功。另《雍州早春》、《日之夕矣，牛羊下来》两幅，远处的牛群寥寥数笔，都勾勒得诗趣可玩。诗家警策，有"诗眼"之说；画家妙趣，也可称"画眼"吧。更有《屋顶山》、《驼峰山》两幅，中国画境之中竟有美国乡下习见的简陋木屋，却浑成天然，相融无间。这些陋屋笔简而意厚，甚至富于质感。《驼峰山》一幅更有人坐在屋前，正待另一妇人，妇人像是刚从门前清溪汲水回来，身旁还有一只公鸡昂然独步，两只母鸡相对啄食，里面几乎有个故事。美式小屋因其古拙尚可纳入中式水墨画境，但是现代钢铁水泥建筑终觉格格不入。烟囱与铁桥，即使李可染、傅抱石勉强入画，也都看不顺眼。

至于"着墨为实，留白为虚"，更是中国山水画以"不画为画"之巧，一雄用来尤见其妙。他说，瀑布、云雾、冰雪三者都可用留白来造成。以不画为画，正是道家"无中生有"的哲学。不过白该如何来留，仍需巧心妙手之经营。留白，是要预留的。预留余地，才能化虚为实，为瀑、为云、为雪。"有"（commission）与"无"（omission），应该同时顾到。至于雪天与冰涧，却应在留白之外加以渲染，才不会和留白的雪地混为一谈。只要细赏《风雪夜归人》一图，就可得其中之趣。靠了这种技法，一雄的画面常能分出远、中、近三个"景段"，使画境似断而连，似分而合，而收呼应之功，并生神秘之感。

山水画布成主客之势，是中国艺术的传统：大致上主近客远，主大客小，主浓客淡，但是这种布局和西方画的透视又不一样，透视是肉眼所见的真相，中国山水的布局却展示心目想见的意象，把瀑布移得近些、远山抬得高些、高峰屈就我们一些，都是超越现实的惯技。正如李贺所说："笔补造化天无功。"笔就是艺术，天就是自然了。例如《秀丽雄伟》一图，一雄解说，远景的瀑布本来是看不见的，画家缩地有方，把它移近抬高，以称心愿，就像造物主一样。主客之势当然也非必然，像石涛的布局往往就妙在打破常规，予人自由的惊喜。范宽的《溪山行旅图》，原在远处应为背景的山岳，却巍然而高、沛然而巨，直逼到观者的睫前，占了画面三分之二的空间，压得前景的主透不过气来，真是喧宾夺主了。

一雄的《溪山如画》诚为主客井然的佳构，但是《青翠山谷》一幅只见飞湍悬空，下临无地，其后亦几无余地，可谓"主不留客"。至于《幽山美地》一幅，飞瀑自天而降，稍事盘旋，更向虚空直落，全画突兀惊人，不留余地，无中生有，神龙只见旋腰不见首尾，真是一幅杰作。

他如《山中积雪》一幅，留白浑成，渲染无憾，无论远林近松、远山近石，或是一水蜿蜒、两人出神，都配合得十分美妙，也是一品杰作，非印象派的油画所能为功。

我未能看到一雄更多的作品，看到的也未能睹其原作，所论种种恐怕未尽中肯。一雄晚年感叹一生追求太多的艺术形式，未能专精，而精力又大半耗于艺术教育，未能集中在创作本身。其实创作是成就自我，教育是成全他人，一为成己之业，一为成人之美，皆是为艺术贡献，而无愧于缪斯。

二〇〇七年九月

墨香濡染，笔势淋漓

——董阳孜《字在·自在》观后

1

近十年来常应邀去大陆各地讲学，事后主人例必殷勤伴游，或纵览山川之名胜，或低回寺观、故居之古迹，而只要能刻、能题、能挂的地方，总是有书法可赏。

书法不愧为中国特有的艺术，不但能配合建筑与雕刻，而且能呼应文学与绘画；不但能美化生活的环境，而且能加强艺术的欣赏。无论是登高临水，或是俯仰古迹，只要有宏美的书法跃然于匾额、楹联或石碑之上，现场的情景便得以聚焦，怀古的气氛立刻就点醒了。这一切文化现场，豪杰与志士所徘徊不去，正好由书法来画龙点睛。广义而言，整个书法艺术就像是中华文化的签名，签在一切的亭台楼阁、一切的关梁陬塞之上，说，这一切都属于伏羲与仓颉的子孙。

所以面对名胜古迹，我常低回于历代的题咏之前，幻觉祖先的魂魄就在那神秘难认的篆隶之间向我泄密，就在那一点一捺、那顿挫转折之中向我手语，幻觉历史就躲在那后面隐隐地向我题词，有时是楷书的端庄，有时是行书的从容，而有时，是草书的狂放。

一九九九年中秋，李元洛、水运宪陪我在常德城外，沿着湛湛的沅水巡礼江边的"诗墙"。那是长堤石壁上用书法镌刻的宏观诗展，从屈原、宋玉一直到当代的新诗名家，再加上世界各国名作的中译，入选作品在千首以上。书法家入列者从古人黄庭坚、赵孟俯到今人启功、费新我，也逾千人。浩荡的诗墙除了诗、书交映，还有长幅的壁画，连绵二点七公里。终于走到了我和洛夫的诗前，就在我的《乡愁》下面，常德市政府的接待人员致赠我证书一纸，稿费百元，接着就要我留言纪念。

我题了"诗国长城"四个大字，围观者照例礼貌地鼓掌。我自信词题得并不离谱，但那书法实在不堪入目，别说什么力透纸背了，显然连毫端都没有达到。

这些年来回大陆，常在登临之余，凛然于猛一回头，案上的文房四宝早已在严阵伺候。题什么呢，倒难不了我。围观者以为我悬笔不下，是在构思吧，岂知我实在是难以下笔，因为拙腕管不住顽笔，轻毫控不了重墨，只要一落笔就满纸云烟，不，就乌烟瘴气了。

我常和朋友说笑：一个人要去旅行，最理想的安排是带一个银行家、一个博物学家、一个语言学家，还有一个像李小龙的武术家，如此就有人为你付账，告诉你草木虫鱼之名，为你办各种交涉，并担任你的保镖。这当然是太奢望了。可是我似乎还漏了一个同伴，那就是再带一个书法家去。一个像董阳孜的书法家，就可以让我只管觅句了。

2

书法之为中国艺术，具体而又抽象，明显而又高深，通俗而又出尘，实用而又唯美，真是矛盾而又统一。书法就像语言，人人都用，天天在用，但只有艺术家用来才美。我自己不擅书法，小时虽也在九宫格中临过柳体，但既无才气，也欠毅力，很快便放弃了。这么多年来，写硬笔还勉称整齐，一遇软毫就四肢无力；写小字还不成问题，但要写大字，就乱了方寸，鞭长不及。所以看到书法家的朋友如熊秉明、张隆延、楚戈、董阳孜者健笔淋漓，挥洒如意，墨渖上纸，或驻或行，或舞或飞，或峰回路转、柳暗花明，或盘马弯弓、蓄势待发，或轻舟出峡、顺流而下，看他们一管在握如挥魔杖，我总是艳羡之余，以指书空，摹拟那夭矫笔势。如果我也能像那样信手随心，对客挥毫，尽成妙趣，则天下的名胜古迹就大可畅游，不用怕人要你留下"墨宝"了。

其实名人在江山胜处的题词，也不一定都好。以题词成癖的乾隆为例，我总觉得他的政绩虽佳，诗却平平，字也不出色。至于现代政治人物的"墨宝"，也常常言语无味，书法平庸，不免败人游兴，若被洁癖狂倪瓒撞见，恐怕真会派几个洗桐僮仆来清涤一番。在学界，也不见得有多少人擅书。我就见过有些中文系的教授笔迹之潦草，恐怕连草圣也眯眼难认，还有些则生硬不屈，像美国学生搭架起来的铁画银钩。如此一比，我又似乎不必太自咎了。

西洋也有书法之说，英文叫做 penmanship，也可称 calligraphy，源出希腊文，意为"美绘"，又称 chirography，也从希腊文借来，意为"手稿"。不过西洋所谓"书法"，因为习用的"笔"与纸跟中国所用的大不相同，注定了不可能发展成像中国书法一样高妙的艺术。古埃及用磨过的芦秆写在纸莎草纸上。从中世纪到十九世纪，僧侣在斗室里抄经，文人在书房里写稿，淑女在闺房里写情书，都是用一支鹅毛笔。苏格兰五英镑钞票上的诗人彭斯，一百法郎钞票上的画家戴拉库瓦，右手握的都是一管鹅毛笔。一八二八年以后，才换了沾墨的金属笔头，半世纪后又被钢笔取代。不过换来换去，其为硬笔则一。

最有趣的是：西洋人做笔，用的是禽羽粗硬的一端，即所谓"翮"，亦即"羽根"；中国人却福至心灵，用的是兽毛软细的一端，无论是兔毫、羊毫、狼毫，甚至鼠须或鸡绒细毛，无不有柱有被，能达到"尖、齐、圆、健"的理想，于是擒纵控放，腴瘦曲直，乃可得心应手，无施而不宜了。

西洋虽有书法，不过聊备一格，毕竟硬笔光

纸，变化有限，哪像中国的书法这么大气，可以勒石铭碑，可以挂壁悬匾、峙立楹柱。乐山大佛旁的百仞石壁，可以刻一个骇目夺神的超巨"佛"字，可是好莱坞的坡上只能单调而生硬地竖立九个大字母（HOLLYWOOD），不过唐突四周的风景罢了，而西洋的书法家却无能为力。

我曾和英国乔治六世时代的代表作家布伦敦（Edmund Blunden, 1896 ～ 1974）通信。他的书法是有名的，却也不过字体雅逸，有点古色古香，若比中国书法的笔酣墨饱，满纸驰骤，就太驯顺拘谨了。钢笔写出来的拼音文字，怎么可能"墨分六彩"或"一波三折"，更怎么可能"飞白"。

3

去年初秋，因山东大学讲学之便，得游山东半岛东端的成山头。高崖险岬，岌岌乎危临于黄海的风涛，有石碑焉蠹于龟背，上刻"天尽头秦东门"六个大字，笔画圆润简朴，应为秦小篆体，乃李斯随始皇帝东巡至此所书。那是我所见的最早书法，深受震撼。我不相信在古罗马，比李斯更晚一百多年的文人如魏吉尔与奥维德，会在大理石上留下深刻的书法。在伦敦西敏寺的"诗人之隅"，石像栩栩，也不过刻名像座，绝无手迹。

中国诗人的书法，不论是悬在现场或印在书中，都令我感到兴奋，似乎与仰慕的锦心更亲近了一些，不仅因为书法也是艺术人格的载体，更因为当时当场，诗人全神所注，尽在妙腕所施。因为诗成之后还可以沉吟修改，但是书成之后就一笔不易了。

苏轼游踪既广，题署亦多。六年前在乐山江边，拾级而上，仰瞻了他题的"凌云禅院"横匾，黑底金字，右书"元祐二年"，左书"苏轼题"。书法浑厚自在，但不如《寒食帖》潇洒，也不如《赤壁赋》凝练，想是经过匠人描摹之故。依我久读东坡诗文所得的直觉，他的书法似乎不应该那么浑厚，倒应该像黄庭坚的偶傥自得。

最令我震撼神往的，是李白草书的《上阳台帖》，除题款外只有四句："山高水长，物象千万，非有老笔，清壮何穷。"字则大小不拘，体则纵横所之，放敛随意。"老"、"清"两字尤见雄豪，落款的"上阳台"三字也酣畅淋漓。这才是诗仙真正的老笔。

他如陆游的行草书《自书诗卷》，磅礴遒劲，有"大舸破浪，瘦蛟出海"之称。姜夔的书法人所罕见，但其《跋王献之保母帖》楷书谨严，秀气中透出潇洒。至于杜牧的行书《张好好诗卷》，有"雄健浑厚"之誉，我看普通而已，并不能满足我对晚唐才俊的期待。

书法从篆隶而楷书，从楷书而行草，发展的趋势从繁到简，从典范到率性，从舒缓到迅疾，似乎一直在加速。今日印刷术如此方便，甚至到了网络泛民主的地步。书法的日常任务既被架空，遂有退居"绝学"或"绝技"之虞。但是换一个角度看，书道也就卸下实用的重负，索性唯美是务，变成一门纯粹的艺术。

4

在当代的书法家中，董阳孜风格别树，也许是最前卫的一支健笔了。这些年来，她的字越写越大，风格越写越豪放不羁，篇幅当然也就越放越广袤，威胁到了展览的空间。她的多元风格行草相生，大小互补，动静交替，粗细皆宜，枯润配合，浓淡呼应，熔矛盾于一炉，炼出了弹性、张力、对比。一般而言，她用行书与行草为人题字，至于草书，甚至狂草，不便实用，就留下来满足自我的完成，以唯美为务。她的美倾向阳刚，多为力的表现；其力，生生不息，动而愈出。

若用音乐作喻，则她的行书是 andante（行板），草书是 allegro（快板），狂草简直是 prestissimo（最急板）。董阳孜可谓当代书法之动力学家。这当然不是说她不能静。例如《独乐》一幅之"独"，自给自足，寓动于静，不是力的释放，而是力的平衡。

尽管如此，当阳孜挥笔运臂，俯临于浑茫的白纸犹如神俯瞰着大地，不管事先意匠的经营曾如何惨淡，一旦落笔就人笔合一，正如剑侠人剑合一那样，只能纯以神遇，不能想，不能停，不能改，正如苏轼所谓"行于所当行，止于所不可不止"。在加速的狂草之际，那支着魔的笔几乎要倒过来挟持阳孜，领着她前进了。

　　这感发兴奋的一幕令我想起了扶乩，神灵附身而人不由己。更令我想到现代艺术的"抽象表现主义"，尤其是所谓"剧动画"（action painting）。波洛克、高尔基、克来因等运笔劲疾，以气势奔放见称，而所画又非具象，但是"速率"似乎仍落在阳孜的狂草之后。

　　这些年来，阳孜的狂草不但加速，甚至超速，到了"飙书"的险境。这么飙下去，可能有两个后果。其一是在高速之下字体变形，见山非山，见水非水，就像"超音速"的协和班机一样，引起"音爆"。于是书法便越界入画，无论在欣赏或评论上，美学的角度恐怕就要重加调整。其二就是所书词句的意义，恐怕会被架空。熊秉明在《中国书法理论体系》一书中指出，中国书法之观点有伦理一派，认为书法关乎人品，并详加引证。他引扬雄之言："书，心画也；心画形，君子小人见矣。"又引明朝项穆《书法雅言》之说："正书法所以正人心也，正人心所以开圣道也。子舆距杨墨于昔，余则放苏米于今，垂之千秋，识者复起，必有知正书之功，不愧为圣人之徒矣。"

　　这种书以载道的理论也许失之于迂，但是广义而言，书法一道至少是中国读书人的基本修养，未必严重到可判人格，却至少能反映书者的性情，总之具有文化与美学的意义。所以一件书法作品，写的究竟是什么词句，还是重要的。那些词句观众是否认得出来，至少猜得出来，对书法之欣赏与推广，仍有关系。观众如果总是认不出来，就会感到沮丧，甚至自卑，终于兴趣大灭。

阳孜的劝慰是：不必辛苦认字，只要用美感的直觉观赏笔法之妙就好了。可是这么说来，书法之妙岂不近于抽象画甚至图案装饰了吗？其实阳孜笔下所题，不是圣贤之言便是诗人之句，不是"智欲圆而行欲方"之类的哲理，便是"振衣千仞岗、濯足万里流"之类的诗情，无不深含我国文化的精神，实为民族智慧与情操之结晶。观众一面欣赏书法的美妙，一面又可体会文化的高超，一举两得，是最有意义的教育。但是如果观众苦苦辨认字义而不得，那就只见其形，不得其旨，就会感到有"隔"。

阳孜书艺之博大雄奇，正是古人的经典名句激发出来的。当她凝神舒腕，胸臆所蓄所荡，正是千古圣贤英豪共养的浩气。否则仅凭臂腕之功怎能挥洒出那样的格局。所以要求观众只凭直觉来欣赏形式之美，

　　还是不够的。反过来说，如果书法家题的不是金玉良言，而是，譬如说，"痔疮"两个大字吧，那不但看的人看不下去，只怕写的人根本也就写不出了。所以书法上写的是哪些字，怎么会不重要呢？

　　幸而阳孜也体会到了：若要充分满足感性，仍须相当照顾知性，所以无论在书法集或展览场上，都提供了词句的本文与出处。正如她赞助的昆曲与评弹，也因加设字幕而更受欢迎。但是在高速飙书之际，我仍盼望她心存观者，不要太过绝尘而去，令人徒然怅望背影。我真想在她与观众之间作一个调人，劝劝她不要"得鱼忘筌"，劝劝观众不要"买椟还珠"。

二〇〇三年五月

第三辑

帝国虽大，语文更久
——序第六版《牛津高级英汉双解词典》

自一九九七年香港回归中国之后，大英帝国就已成了历史，不再是日不落之邦了。但是英文的生命却日见苗壮，不但长留于以往的属地，而且变成了不少国家必读的第一外语。指定英文为官方语文的国家，已超过五十。英文真的成了世界语。

语文的生命往往长于使用它的帝国：更早的例子是拉丁文。罗马帝国虽在五世纪末解体，拉丁文却通行于西欧，为法律、科学、宗教所必用，形同国际文言；俗化的拉丁文更发展为拉丁民族的语文，诸如法文、西班牙文、葡萄牙文、意大利文。因为诺曼人入主英伦，引进了法文与其所本的拉丁文，直到现在英文词典里仍保留了不少拉丁文字：例如 curriculum vitae（简历）；至于男女校友（alumnus, alumna），复数也仍沿用拉丁文的词尾变化（alumni, alumnae）。

目前以英文为母语的国家，包括英、美、加拿大、澳大利亚、新西兰，人口当在三亿七千万左右，比起中文母语的人口来仍少得多。但使用英文的人口之中，英文非其母语者，比例显然远大于使用中文的人口之中，不以中文为母语的人。目前各地的华人都在学英文，仅此一例就足以说明，学英文的外国人远多于会英文的本国人了。四年前我去莫斯科，就有一群俄罗斯的学童，对我说刚学来的几句英语。

英国人曾说：宁可失去印度，不可失去莎士比亚。印度很快便失去了，莎士比亚却风行全球。莎士比亚的光彩固然照亮了英文，但英文也因为日渐流行而推广了莎士比亚。如果莎翁写的是拉丁文，恐怕就不会像今天这么"活跃"。英文所以这么"活跃"，开始应该是由于大英帝国之盛，后来自然是因为美国广土众民，代之兴起，大而至于政治、经济、军事，俗而至于好莱坞与麦当劳，影响遍及全球。何况英文的母语人口里，美国人占了三分之二。

就本身的条件而言，英文在西方语文之中，幸而还是较为易学的：数（number）、性（gender）、时态

（tense）之类的词尾变化，远较其它西文单纯。其中动词的词性变化（conjugation），英文也幸而简明得多，不像法文、德文等一个动词的词根，动辄孙悟空吹毛一般，摇身有七十二变。英文当然也有难缠之处，例如拼法与发音就不很规则。法国文豪伏尔泰（Voltaire）学英文，发现 ague（疟疾）是两个音节，但结构相似而字母更多的 plague（瘟疫）却只算一个音节，十分不满，咒说这种不合理的语文，一半应交给疟疾，另一半应交给瘟疫。爱尔兰剧作家萧伯纳（G. B. Shaw）为了取笑英文发音之无理可喻，拼出了一个怪字 ghoti，问人如何发音。大家自然读成 goatee（山羊胡子），萧老笑道："不对，该念 fish。"众人怪问其故，萧老说："'gh' as in 'enough', 'o' as in 'women', 'ti' as in 'action'."

尽管如此，在众多西文之中，英文仍然比较简明，也比较接近中文。如果你去加拿大的魁北克旅行，就会发现英法双语并列的路牌或说明文字，法文总比英文要长出一截，就可明白，何以英文会如此流行。

冷战时代结束以来，全球化的趋势日益明显。英文既已成为世界语，自然也就成了全球化沟通与传播的最有效工具，值得非英语系统国家的读者学习使用。而要学会使用此一利器，最有效的工具该是一本篇幅适中、释义简明、文法精确、例句充足的英文词典。牛津大学出版社的 *Oxford Advanced Learner's Dictionary*，为庆祝出版五十周年而推出的第六版，正是这么一部合用的上好词典。

一七五五年英国文坛大师约翰生博士（Dr. Samuel Johnson），在辛苦编写了七年之后，终于出版了他独力完成的《英语词典》(*A Dictionary of the English Language*)，令文坛大感意外，因为对岸的一部法文大词典是由法兰西学院的四十位院士群策群力，达四十年之久，始能为功，而约翰生博士财力有限，只雇得起六名书记。

约翰生的博学慎思与维护本国语文的使命感，令后来的词典编者十分敬佩。不过他要维护的是英文的清纯，而他要指点的是作者而非读者。五十年前霍恩比编辑 *OALD* 的宗旨，却在指点高阶的读者，尤其是英文非母语的外国读者，如何读、写英文。霍恩比和他的朋友，从教外国学生的经验里发现，一般学生读、写英文时经常遇见的实际问题，可以靠一本条理分明而参考方便的务实词典来逐一解决。

OALD 最大的美德，是一切都以读者的需要为主，不但设想周到，而且设备齐全。尤其对于外国的读者，此书提供了种种方便，几乎处处都有"询问处"，可供远客"入境问俗"，处处都有明确易认的路牌、指标，可以"按图索骥"。遇有特殊情况，更有专业向导待命，立刻前来解围。每一个字或词都像一个人，*OALD* 会向读者详细介绍他的名字怎么念（发音），他的身份为何（名词或动词），他的来意何在（各种定义），他有什么习惯，常与何人来往（例句与词语搭配），他与貌似的家人如何分辨（同义词分析），他与表亲的乡音有何差别（英语与美语发音并列）。

新版的 *OALD* 在编排方面更提供了新的方便。例如介绍某字的身份，便更有条理，更加醒目。concern 一字，在发音之后，立刻介绍身份：动词、名词。接着便用出列的小黑方块来明确标示，分别解释两种身份。此字作动词有五解，每一解之前都有醒目的小标题；作名词又有五解，同样以小标题点明。如此编排，真是眉清目秀，读者速查，几可一目十行。

新版的 *OALD* 比起两百多年前约翰生博士个体户的操作方式来，更有一个优越的条件。多达一亿字库的英国国家语料库（British National Corpus）与牛津大学自己的语文研究计划，提供了用之不竭的实例，来印证当代的英语可以如何运用。

除了用本国文字来释义的单语原本之外，*OALD* 又发展出各种外文与英文对照的双语版，更扩大了此书的功用。《牛津高阶英汉双解词典》自一九七〇年出版以来，一直广受华人读者欢迎，十年来我自己也习用此书，颇为受益。兹因此书单语本第六版改进甚多，英汉双解版也相应编译新版，以应二十一世纪英文发展之新局。无论是词义或例句的新译，尤其是所译例句，英汉双解版编辑同仁投注的心血都十分可观，成绩斐然。英汉双解的词典已经涉入比较语言学，简直可称小型的"英译中翻译大全"，影响所及，当会左右当代翻译的风气，则其意义已不限于学习英文了。相信双解版必能精益求精，迈向至善。

二〇〇四年二月

字是生理，句是生态

——序第三版《朗文当代英汉双解高级辞典》

十八世纪的英国文豪约翰生（Samuel Johnson）曾经说过："编辞典算得是于人无害的苦差事。"此言带几分自谦、自嘲，也不无一点自慰，因为他自己独力编写的《英语词典》（*A Dictionary of the English Language*），仅例句一项就搜罗了约十万名句，不愧是英文辞典的扛鼎之作。他又认为："辞典就像手表；即使最坏的也聊胜于无，而最好的也不能指望它完全正确。"

约翰生博士说得没错。再好的辞典也只能教人不犯错，少犯错，充其量只能教人写出通顺畅达的文章，却无法提供文采与妙思。杰出的作家或学者，当然不能只靠一部好辞典。但是反过来说，再杰出的作家或学者也不敢自夸，他可以完全不靠辞典。我写作中文与英文，已逾半世纪之久，可称"资深"，也薄有虚名，但每成一文，仍不免再三翻核辞典，以求心安。

辞典可称"案头老师"，不但随时可以请教，而且几乎有问必答。读者要把英文学通，必须勤翻辞典，最好是翻破几本。一般人学英文，每从单字入手，而且以为单字记得越多越好。其实徒记单字而不会活用，反而会消化不良。例如 rainbow 或 strawberry 之类的单纯名词，当然多记一个是一个；可是像 come 一类的常用动词，定义既多，和其它字眼的搭配（collocation）亦多，如果只记得单字本身，其实无法左右逢源，用处有限。come 一字的搭配，所谓 phrasal verb（词组动词），就包括常用的 come across, come by, come down, come off, come on, come out, come up, come upon 等等；如果都不会用，或者只是一知半解，就不能自命已经掌握 come 一字的全貌。

《朗文当代高级辞典》告诉我们，字的本身是静态的，但与其它的字发生关系，就有了动态。例如发音、词类、定义，都是一个字的静态；但是把它与其它字搭配，甚至用在实际的句子里，就有了动态。静态可谓字的"生理"，动态可谓字的"生态"。《朗文当代高级辞典》在字词的搭配与例句上，举证丰富，把常用的生态分得非常清楚。例如 Only 7 people attended the meeting. / Please let us know if you are unable to attend. 这两句例证就说明了：attend 作动词用，可以"及物"，也可以"不及物"。至于 attend 之后加上 school 而不带冠词，意为"上学"，就成了一个习用的词组。

七年前我曾为《朗文当代高级辞典》英英／英汉双解版的初版写过序言。二〇〇四年新出的这第三版加了不少新项目，例如三千个常用单词在书面语及口语中使用的频率，对于以汉语为母语的读者就十分有用。

冷战结束以来，英文渐已成为世界语：十三亿的中国人与一亿多的俄罗斯人都在学英文，数量之多，远超过了英、美、加拿大、澳大利亚、新西兰的母语人口。但在另一方面，近日学起中文来的外国人，也已增至三千万人。所以这部英汉双解的朗文辞典，不但造福全球华人，而且可以反过来用，同样有益于英语世界的中文读者。

二〇〇四年三月

良缘全靠搭配
——序《牛津英语搭配词典：英汉双解版》

　　一般人读英文，对于博记单词的人自然十分佩服，认为识字既多，本钱一定丰富，花起来想必很阔。可是英文的句子虽然是用个别的单词串联而成，但在单词与整句之间，往往还有不少熟词词组，如果搭配不当，呼应不灵，则不仅句法不畅，语意也会欠明，整个句子就患了语病。

　　单字独词，如何拼写，如何发音，词性何属，语源何从，语义何解，凡此皆属此字之生理。可是仅仅识其生理，还不足以充分认识其生命，尚须更进一步来熟悉其生态。这单字独词，如果是名词，该配什么动词、什么形容词，才合得来，才皆大欢喜。如果这名词遇到别的名词，又该由什么介词来从中介绍，才不致唐突？如果我们要用的是形容词，它可以走到名词的前面吗？如果是动词呢，哪一个副词跟它最谈得来，而它自己，喜欢主动呢，还是天生只能被动？这一大堆问题，绝非只懂某字某词的生理所能解决。

lavender 是薰衣草，swallow 是燕子。这种单词多记得一个当然就好一个。但是越普通的词，例如 take，make，turn，come，或是 way，state，hand，house，因为交游广阔，关系复杂，就越难认识它的身份与想法。如果我们不知道 turn down，turn up，turn into，turn off 或是 about turn，turn of the screw，turn of mind 是什么意思，则我们实在难称已经认识 turn 这个词，何况此词本身就有几十个含义。

因此，仅仅死记许多孤零零的单词，而不能让它们广结善缘、左右逢源，活跃在真正的句子里，不过是学英文的笨方法。我在大一时交英文作文，有 The hero in the novel is... 之句，老师改成 The hero of the novel is... 并且告诉我说，the hero in the novel 乃是中文"小说里的主角"之直译，不合英文语法。此例虽浅，却可以说明英文"名词＋介词＋名词"的语法，必须用对介词。这正是词语搭配的问题。"英文信"得说 a latter in English，而不能说 a letter of English。"用方言交谈"得说 conversation in dialect，而不能说

conversation with dialect。最普通的例子恐怕就是 Merry Christmas and Happy New Year 了，不能说成 Happy Christmas and Merry New Year，尽管意思并无差别。这些正是一种语文的生态，如果不加尊重，就是"失态"，也就是"瞎七搭八"。

丘吉尔不但是英国的民族英雄，也是善用母语的演说大家。据说，他主张演说只用八百单音节的英语"土字"便已足够；其实如果真正善于搭配，单词动用得少也无大碍吧。据说希特勒轰炸伦敦，丘吉尔召集内阁，商议应用什么短语来告示民众要"灯火管制"。博学的大臣们只想到 termination of illumination 之类的文言高调。丘吉尔毕竟雄才大略，高人快语，只用了两个浅字便一锤定音：Black out! 这搭配多么简练！

牛津版的这本搭配词典，在《牛津短语动词词典》与《牛津习语词典》之后，提供了学习英文的又一高招。有此"显筊"，莘莘学子甚至一般学者在觅词、造句、成文之时，就不愁无图寻宝了。真可惜当年我学英文，尚无此书。真庆幸今日有了此书，我仍然可以获益。

二〇〇六年十一月

入境问俗
——序《麦克米伦高级英汉双解词典》

十八世纪英国文坛的大师约翰生博士（Dr. Samuel Johnson），穷七年之功独力编写了第一部兼具分量与规模的《英语词典》（*A Dictionary of the English Language*）。他自述编写此书的原则："吾已竭力提炼吾国语言，求文法之清纯，并将粗鄙之俚语、放浪之俗词、反常之拼凑悉加清除。"

约翰生的才学、毅力、使命感令人钦佩，但是两个半世纪之后，英语使用之广，变化之多，影响之巨，已远非大师所能想象。大师若能见到今日的英语词典，定会大吃一惊，想不通为什么 pizza, kiosk, yoga, judo, kung fu, feng shui 一类的怪字会大举入侵，更不明白 WASP, NASA, UNESCO 一类的缩写有何必要。约翰生是文学家，有心肯定、维护、发扬英语的文学传统。他饱读经典，博闻强记，提供的例句多为莎士比亚、朱艾敦、蒲伯、史威夫特的作品。今日的英语词典则不同，多由语言学家来主编。文学家与语言学家的兴趣当然不同：文学家研究的是天才如何说话，语言学家关怀的却是一般人如何说话。"英文非母语"的人，尤其是学生，要学的当然是"英语乃母语"的一般人如何使用英语。

今日的词典学家早已站在"英文非母语"读者的立场，设身处地，预期他们学习英语常会遭遇的问题，为他们编出易查、易解、易学的词典，方便成亿的各国学生，真是费尽苦心，令人感动。所谓 user-friendly （体贴用者），正是此意。

约翰生博士独力编写英语词典，虽有零星前例可循，但无支持的小组相应配合，不可能做到今日词典编排得这么井井有条。所以历来的学者常引 cough 一词之定义为例，见证他割鸡竟用牛刀。他说：咳嗽乃 是 A convulsion of the lungs vellicated by some sharp serosity. 定义句中竟有两字在今日大字典中都罕见，实在小题大做。不过，他对 needle 一词的定义却是：A small instrument pointed at one end to pierce cloth and perforated at the other to receive thread, used for sewing. 二十字中，除了 perforated 之外，其它全在《麦克米伦高阶英语词典》所列的两千五百个"定义词汇"（defining vocabulary）之中，又常为学者所赞。近十多年来，英语研究学者不断累积而成的"世界英语语料库"（World English Corpus）收存的词句已多达两亿，成为语言学家，尤其是词典学者，用以探取实例的一大宝库。约翰生博士援引英国名家的锦心绣口，当代英语学者的例句，却落实在广大使用者日常生活的言谈之中。*MED* 不但在卷末列出了基本的"定义词汇"，更在词典中用红字标示常用词，再以红星的数量来强调该字使用的频率，对"英语非母语"的读者诚善尽向导之责。语云："入境问俗。"学习外文也是一种"入境"，勤查词典就是"问俗"。词典之编辑，要务就在便于读者随时随地可以问俗。那"俗"不是伧俗，而是通俗、习俗，亦即 idiomatic usage。

不过，《麦克米伦高阶英语词典》之编辑并非一味随俗、务俗、教俗，对于英语使用的雅俗之分、今古之异、轻重之别仍然十分用心。十万词条之中，往往也用意大利斜体标出何为雅（literary）、俗（colloquial），何为庄（formal）、谐（humorous），何为老派（old-fashioned），何为失礼（impolite），何为冒犯（offensive），使入境未深的"旅客"知所取舍，用对场合。这正是语言的社会化、族群化、地区化、性别化等等，所以这些斜体其实非常正点，读者不可错过，以免沦于"化外"。

英美之别也是学习英语的一种麻烦。幸而我早年学了美式英语，中年有十年住在香港，渐渐改口说英式英语，所以近三十年来得以改用"不列颠腔"（British English）来教莎翁与拜伦的诗篇。试想，用美国腔来念英国诗，实在格格不入：clerk 怎么能和 park 押韵？读者如果要认真读英美文学，就得注意兼用英式与美式的词典。例如流行音乐常用 Tin Pan Alley（锡锅巷）一词，英式词典里就找不到。另一方面，我在 *MED* 里发现好莱坞竟有 Tinsel Town（浮华城）的绰号，也十分惊喜。

MED 另有两大特色，造福读者甚多。其一为词条定义之撮要扫描，亦即所谓"菜单"（menu）。定义不多的词条不需要另加此栏，但是定义繁复的"三星词条"如 get 或 take，各有十五个或二十六个定义，一时无暇通读，即使通读一遍也未能全解。这时前面的"菜单"就可供一瞥扫描，就像一时不能详读报纸，仍

可一瞥头条一样。另一特色就是数量虽然不多但是比喻十分生动的所谓"隐喻"栏（metaphor），把一般人日常习用而不自觉的文学语法加以分析、点明，足见日常用语也尽多诗情画意，未必就与文学截然可分。例如 The speech was met with torrents of abuse 与 They were showered with praise 两句，生动之处正在 torrents 与 showered，均借水势之大来形容毁、誉之多。由此可见这部 *MED* 词典一方面尽力帮助读者"入境问俗"，但另一方面也有心指点读者莫忘"俗中求雅"，俾能"雅俗共赏"。

《麦克米伦高阶英汉双解词典》将英文原文的 *MED* 全部译成中文，让广大华语世界的读者能在英汉对照之下，左右逢源，好好学习英语，实在是一大贡献，当然也是费时费力的一大工程。*MED* 经过中译而变成双解的词典，其功用就不仅在于学习英语，更在向读者示范英汉双语之间的翻译之道。这件事如果做得好，读者可以兼习翻译；如果做得不当，则拙译甚至劣译将流传更远，污染更深，罪莫大焉。目前华语世界的中文，恶性西化已颇严重，如果还有畅销的词典出来提供反面教材，那就更加可怕。不过，在苏正隆先生主持之下，我相信必能力矫时弊，挽西化之狂澜，返中文于清畅。就我浏览所及，这部双解词典在这方面已经做得相当认真。

英语发展至今，几将席卷世界，但是在许多新观念的激荡之下，遣词用字已在压力下发生变化。性别压力便是佳例。女性做了系主任，要改称 chairwoman，若要中立则可泛称 chairperson。至于 authoress, poetess 之类，也已太老派了。*MED* 甚至删去了 poetess 一词。问题是 person 里仍然有个 son，而 woman 里面仍然有个 man，字源学者说，在中世纪此字原为 wifmann。在禁忌森严的当代英语里，男人像置身禁烟区的烟客，要小心了。

MED 在《语言提示》专页中提到这敏感问题，指出 Each student brought his own dictionary 有性别歧视，并建议可改为 Each student brought his or her own dictionary，或者 Each student brought a dictionary，或者 All the students brought their own dictionaries。可见英文的文法已经被自己的禁忌、意识形态的压力，逼得几乎无路可走了。*MED* 一二六一页 seduction 一词下的定义是：A situation in which someone persuades another person to have sex with them. 此地的复数代名词 them 指的竟然是前文的单数 someone：令人感到英文似已词穷。

这就令我想到自己的母语，文法似乎不及英文精细，但是往往却较自由、洒脱。前述种种困境在中文里根本不成问题。中文只要说"学生各带字典"就行了，不必问是多少学生，更不必追究是男生或女生。就算男生、女生都有，也只要说："学生都带了自己的字典。""自己的"并不限性别，不像英文一定得说 his own 或 her own。中文的"其"字也无性别：例如"文如其人"，例如"人之将死，其言也善"。《诗经》的句子："之子于归，宜其室家。"其中的"之子"指的是新娘，后面的"其"也是。其实"人"在中文里也只是中性，要加上男、女才分出性别，不像西方语言一直用 man 代替人类。

MED 中译的工作极有意义，影响也很广泛。假如我有九条命，就会捐一条出来，共襄盛举。可惜我只有一条命，就只好为苏正隆先生写一篇序了。

二〇〇七年六月十二日于高雄

何止 ABCD？
—— 序第七版《牛津高阶英汉双解词典》

　　人类语言的分歧，据说是因为天谴。《圣经》曾云，洪水之后，诺亚的子孙想造一座通天高塔，引起耶和华不悦，乃使人类语言不通，分散到世界各地。足见人类若要彼此了解，必须先有一种共同的语言，才能促进世界和平，进而窥探神秘天机。在今日的世界，英语已经成为这种共同的语言，因此不论先天以它为母语或是后天用它做第一外语，我们都必须善加学习。

　　英语虽然已成世界语，但和源远流长的某些语言相比，却年轻得多，只算后起之秀。英语的古文期晚到七世纪初才开始，中古期更始于十一世纪，至于所谓"现代英语"，出现时已是十六世纪初了。今日我们读莎士比亚的台词，已是古色斑斓，而读更早的乔叟作品，就更难懂了。但是我们读中国的《诗经》："蒹葭苍苍，白露为霜。所谓伊人，在水一方。"虽然是两千多年前的歌词，却透明无碍。

翻开今日的英语词典，例如第七版的这本 *OALD*，里面的十几万字当然都是英文，但若究其身世，则"外来语"远多于"土语"，不过因为"归化"已久，初学的人已难分辨。例如"心理学"（psychology）一词，便是由 psycho 与 logy 二源合成，psycho 意为"心理"，却来自希腊神话的美女 Psyche，亦即心灵之化身。又如"天文学"（astronomy）一词，原由 astro 加上 nomen 而来，希腊文意为"星之名"。再如 diaspora 一词，原为希腊文，意即今日英文的 dispersion；此词当初乃指犹太人亡国之后流浪天涯海角，今日则已泛指一般的去国怀乡。Odyssey 一词，本为荷马第二部史诗，杨宪益先生译为"奥德修纪"，指希腊英雄奥德修在特洛伊城破后领兵返国，海上历险十年的故事，今日改成小写，亦可泛指远征久旅。以上数例，并非冷僻字眼，均已收入 *OALD*，英文词汇源出希腊文化者不少，可见一斑。最好的例证恐怕要推"字母"（alphabet）一词：alpha+beta，正是希腊文的前两个字母。

　　英文的星期二到星期五，分别来自北欧神话的 Tiu（战神）、Woden（大神）、Thor（雷公）、Frigga（神后）。源出拉丁的法文里，这些周日的名称却来自南欧的罗马文化：例如 Jeudi（大神）、Vendredi（爱神），用以称呼星期四与星期五，都是取自罗马神话。有趣的是，英文的月份名称却取自南欧文化，例如四月是取希腊爱神 Aphrodite 的前两个音节，一月则来自罗马的门神 Janus，七、八两个月分别用两位大帝 Julius Caesar 与 Augustus 来命名。

　　英文日常用语，尤其是单音节的，例如 do、come、go、take、some、right 等，大半是古英文；丘吉尔就说，只要善用八百字的单音节古英语，演讲就能简洁有力。反之，音节愈多的词，愈加斯文深奥，就愈得乞援于拉丁文字。例如地中海（Mediterranean Sea）之名，就是 medi（中间）加上 terra（陆地）；又如血亲（consanguinity），也是 con（汇合）加上 sanguine（血液）组成。又如一封信，英文只说 letter，拉丁语化的结果却成了 communication。一本英文大词典里，拉丁语根的长词恐怕占了大半。但是有时候，单音节的字眼也从拉丁文透过法文传来，例如 beef、 mutton、pork 等，就是从法文 boeuf、mouton、porc 借用。那是因为一○六六年诺曼底公爵威廉征服英国之后，牛、羊、猪之名在牧人口中维持古英文不变，但做成菜后，端上桌来供征服者使用，却改成了征服者的语言。

英文从七世纪初发展到十七世纪初，一千年来从日耳曼的蛮族与先进的希腊、拉丁文化吸收了许多养分。但从移民新大陆以来，又从北美的生态与印第安的文化汲取了更多的语汇，同时对于祖国母语的文法也逐渐加以简化，尤其是在拼音方面。美国国势日强，等到大英帝国式微，所谓美式英语就演变成强藩夺主，开始影响全世界，更进而成为全球化的利器。

美式英语为英语扩大了字汇，植物方面如 eggplant、squash、sweet potato，动物方面例如 bullfrog、groundhog、turkey 都是新生事物。Indian summer 指十月小阳春，indian file 则指单行纵队。装佯卖傻叫做 play possum，言归于好叫做 bury the hatchel，都不是英国生活所见。

等到约翰生的子孙更进一步，移民去加拿大、澳大利亚、新西兰、南非，英语的世界就更为扩大，词汇与成语也更多彩多姿。单是澳大利亚就添加了诸如 kangaroo、koala、boomerang 等生动的字眼。

美式英语为正宗的"不列颠腔"增加了活力，其好奇的弹性不断吸收各种语言的成分。美国素称民族的熔炉，美语也可称外来语的炼丹炉，食量惊人。翻开 *OALD* 第七版的 K 字部，盈目尽是日语：karaoke、karate、kanji、katakana 接踵而来，那是因为日本的西化早于中国，西化程度也深得多，何况二战之后还有一段美管时期。相对而言，中文进入英文的比例似乎少得多：西方认为日本可以代表东方文化，恐怕也是一大原因。近日我接到洛杉矶亨廷顿图书馆新建中国花园"流芳园"落成典礼的请柬，可以感受到因为中国崛起西方对中国文化的重视正在加深。相信未来英文词典收入中文的分量必会加重：可收的中文字何止 kung fu 与 feng shui 呢？

英语使用之广，已经跨越了政治、经济、文化，尤其是科学与教育各领域，即使在其他所谓"先进国家"也强势难挡。就连对"美帝"最具戒心的欧盟，也不免以英语为第一"使用语言"（working language）：法文只有屈居下风，后来更迫使另一主要

"使用语言"的德文靠边站。公元两千年才开始，在校学习英文的欧洲学童，已高达四分之三。联合国的会员国里，以美式英语为第一外语的，更多逾一八〇个。二〇〇二年出版的畅销书《英语的故事》(*The Story of English: by Robert McCrum, Robert MacNeil, William Cran*) 就说，估计到了二十一世纪中叶，世界人口将有一半会使用美式英语。

全球化的浪潮挟美式英语而俱来，其势可惊。英语好的人当然可以沾沾自喜，做弄潮的骄子，但是深爱自己民族文化的有心人，却不免担心会遭淹没。如何西学为用而不废中体，该是华夏子孙要迎战的考题。至少李白与韩愈没有这种困境。啊不，李白也要听胡语的，韩愈不也要面对佛骨吗？

其实英语也并非一路势如破竹。英语传到世界各地，也不免受到本地化的压力，例如在新加坡就成了Singlish，连发音也走了音。所谓 pidgin English，到处都有。美式英语也受到美式"政治正确"的操弄。例如某些技艺，以前只有标出 man，现在不可以了，必须兼顾女性，却又改得不够彻底。以前的 craftsman，现在一分为三，另加 craftswoman 与 craftsperson，但是 craftsmanship 却纹丝不动，并未三分天下。又如 marksman 一分为二，加上 markswoman，但是 swordsman 项下却未加 swordswoman。女侠该如何称呼呢？《卧虎藏龙》里那些咄咄逼人的女侠怎么办呢？

一部英文大词典，收集的其实远不止 ABCD。学习英语其实等于认识西方的过去与世界的现况。据说钱锺书最喜欢读词典，很有道理。词典是可以读的，学问愈好，读得愈有趣味。这部新版的 *OALD* 正是如此。

二〇〇八年一月

第四辑

被诱于那一泓魔幻的蓝
——序《二十世纪海洋诗精品赏析选集》

1

中国目前的海岸线，北起鸭绿江口，南迄北仑河口，长达五九四三海里，自古且有"四海之内皆兄弟也"之说，然而海洋并非中国文学的重要课题。虽然徐福探东海、郑和下西洋，这些传说与历史无人不知，中国文学的墨水里却少海蓝。相反地，苏武牧于北海，张骞通于西域，却在诗中留下不少白雪、黄沙。尽管如此，我们祖先对神秘的海洋仍是十分向往。孔子曾叹："道不行，乘桴浮于海。"庄子也海话夸夸，说什么北冥有鱼，其名为鲲，化而为鸟，其名为鹏，怒而飞，海运徙于南冥云云。

传说认为东海有蓬莱、方丈、瀛洲三座神山，其状如壶，又名三壶山。希腊神话却认为英雄死后都去的极乐世界（Elysium），远在极西的大洋之中，故又称幸福群岛（Happy Isles）。

不过传说毕竟是传说，即使李白也不禁叹道："海客谈瀛洲，烟涛微茫信难求。"曹操东临碣石时，写了《观沧海》一诗，其中最有气象的两句是："日月之行，若出其中。星汉灿烂，若出其里。"这恐怕是中国咏海诗最早的名作了。可惜后继的作品实在不多，即有名作也多为短制，其分量更难比西方同类的巨著。

中国古典诗中歌咏江、湖的杰作很多，但写海的却罕见，偶有涉及海洋，也往往一笔带过，很少大规模地正面描写。中国疆土广阔，关山行旅，江湖行舟，多半无须航海，哪像古希腊的英雄，国小岛多，没有一处离海岸超过一百二十公里，至于跨海东征，或是横海归渡，更是全凭波程。特洛伊的王子国破之后流亡海外，先到迦太基，再去罗马立国，所经也都是地中海的浪涛。

李白的想象恣肆不拘，但真正咏海之作罕见。《渡荆门送别》之句："月下飞天镜，云生结海楼。"其中海楼当为造境虚写。倒是《公无渡河》一首，李白旧题新赋，竟想象狂叟溺死在黄河里，被冲入海："公果溺死流海湄。有长鲸白齿若雪山，公乎公乎挂胃于其间。"神奇而恐怖的意象，简直可比西方的《白鲸记》。

中唐的李贺想象力也很高妙，所写《梦天》一首后半是"黄尘清水三山下，更变千年如走马。遥望齐州九点。一泓海水杯中泻。"所谓"三山"正是蓬莱仙岛，而黄尘是陆，清水是海。前两句乃指沧海桑田，自天上的神仙俯视，简直迅若走马，千年不过一瞬。后两句乃指神仙下望人间，九州岛不过缩成九点人烟，沧海也不过像一杯水而已。这神奇的远景，李贺比航天员早睹了一千多年。

苏轼大笔淋漓，晚年更谪居海南岛，照说写海之诗应该大有可观，可惜这方面也着墨不多。《澄迈驿通朝阁》二首之句："杳杳天低鹘没处，青山一发是中原"最为著名，写乡愁黯黯很有神韵。《登州海市》写蜃楼幻景也有妙笔："东方云海空复空，群仙出没空明中，荡摇浮世生万象，岂有贝阙藏珠宫？心知所见皆幻影，敢以耳目烦神工？岁寒水冷天地闭，为我起蛰鞭鱼龙。重楼翠阜出霜晓，异事惊倒百岁翁……斜阳万里孤鸟没，但见碧海磨青铜。"第九句正写蜃楼，末两句则以影灭复晴、水明如镜收篇。这首诗在苏诗中不算最好，"耳目"一词也欠妥帖，毕竟海市蜃楼只是视觉的奇迹，并不可听。坡公在海南有一首五古长诗，题目也长，叫做《行琼儋间，肩舆坐睡，梦中得句云："千山动鳞甲，万谷酣笙钟。"觉而遇清风急雨，戏作此数句》。前面的十二句是："四州环一岛，百洞蟠其中，我行西北隅，如度半月弓。登高望中原，但见积水空，此生安当归，四顾真途穷。眇观大瀛海，坐咏谈天翁，茫茫太仓中，一米谁雌雄？"

谈天翁是指战国末期的哲学家驺衍，人称谈天衍。《史记》里说他认为"中国名曰赤县神州。赤县神州内自有九州岛，禹之序九州岛是也，不得为州数。中国外如赤县神州者九，乃所谓九州岛也。于是有裨海环之，人民禽兽莫能相通者，如一区中者，乃为一州。如此者九，乃有大瀛海环其外，天地之际焉"。驺衍之言，时人以为不经，但以今日回顾，九州岛之外有大海环绕，正是世界尽头，说得完全正确。至于"茫茫太仓中，一米谁雌雄"的警句，则出自《庄子·秋水篇》北海若语："计中国之在海内，不似稊米之在太仓乎？"海若，就是我们的海神，本来就无须向希腊去借用波赛登（Poseidon）。

古人正面写海的好诗实在不多，其后值得一提的反而是一位并不很著名的诗人——孙元衡。他是桐城人，康熙年间曾官台湾同知，诗中多咏海外风物。其《渡海》一首值得全引：

> 掫舵扬帆似发机，茫洋自顾此生微。
> 乱山断处天应尽，一发穷时鸟不飞。
> 鱼眼光边波闪烁，龙涎影外国依稀。
> 壮游奇绝平生冠，斯语东坡未必非。

此诗最奇的是第三联：鱼眼是指鱼目所见的景色吗？还是暗喻隆起的水平线呢？龙涎当然是指鲸鱼，更有鲸鱼喷水的联想。一发穷时当指陆地尽头，语出东坡。所以诗末说，就连东坡也不会否认我此游之奇。我想这首诗很可能写于从大陆渡台途中。

这本《二十世纪海洋诗精品赏析选集》既以上一世纪为选材时段，则其开始十多年间的古典作品似也不应缺席。梁启超这首《澳亚归舟杂兴》写于自澳大利亚赴日本舟中，时为一九〇一年五月："拍拍群鸥相送迎，珊瑚港湾夕阳明。远波淡似里湖水，列岛繁于初夜星。荡胸海风和露吸，洗心天乐带涛听。此游也算人间福，敢道潮平意未平？"

这首诗也不算是梁任公的杰作，至少比他的《自励》七律名句"世界无穷愿无尽，海天寥廓立多时"要逊色了。任公在漫漫的航程中写此诗时，恐怕还想不到，展开在他前面的二十世纪，将改用白话来写新诗，写许许多多咏海的新诗。

2

列入这本海洋诗选的一百三十二位诗人，始于郭沫若，止于詹静佳。两人的年纪相差八十六岁，大致说来，已经隔了三代了。郭沫若的《立在地球上放号》写于一九二〇年：这八十年来，新诗在主题、形式、语言各方面都变化很大，简直可比莎士比亚所谓的"海变"（see change）。但是这本选集中的两百多首作品却有一个共同的主题：海。

什么是海洋诗呢？这名词颇难界定。如果说，以海洋为主题而正面写海的诗，才算海洋诗，那这本选集里有不少诗都不合格。许多诗其实写的是人，而以海洋为其背景；或是以人情、人事为主体，而以海洋为衬托，为比喻；或是出入于虚实之间，写岸上人思念海上人，或海上人思念岸上人；或是写海陆之间的特殊空间：海岸。

"五四"初期的第一代诗人，诗艺青涩，诗思浅薄，写海多用虚笔，空空荡荡，不能落实，令人觉得情浮于景，并未交融。郭沫若、王独清一味排比，有气势而无韵味，失之于粗。宗白华、冰心，甚至徐志摩，一味纵情，言之无物，失之于浅。倒是闻一多的《七子之歌》把割给列强的七块华夏领土写成失养的孤儿，在天涯海角哭喊母亲，十分感人，作者真不愧是爱国志士，能把梁启超、秋瑾的精神用新诗来传承。刘延陵的《水手》写离家远航的舟子在海上的月夜思念家里的妻子：

> 月在天上，
> 船在海上，
> 他两只手捧住面孔，
> 躲在摆舵的黑暗地方。

他怕见月儿眨眼，

海儿掀浪，

引他看水天接处的故乡。

但他却想到了

石榴花开得鲜明的井旁，

那人儿正架竹子，

晒她的青布衣裳。

这首小诗结构紧凑，语言清纯，意象不但生动而且对照鲜明。舵旁的阴暗孤寂反衬出井旁的明艳可喜。那人儿也许不是妻子而是情人，不管如何，她在石榴花开的树下挂晒衣裳的倩影，比起徐志摩《海韵》里那女郎的做作来，自然得多，也真实得多。刘延陵这首《水手》确是早期新诗最成熟、最完美的佳作之一。

不少咏海的诗，其实是在喻人。绿原的《航海》，寥寥数行，用最简洁的手法，以海景的变化喻人心的矛盾与阴晴。第二段不用动词，只用了两组同位词，便点出了主题：

人活着

像航海
你的恨，你的风暴
你的爱，你的云彩

流沙河的《贝壳》也是一首完整而美丽的咏海小
品，不过他不直接写海，却用一枚贝壳来因小见大，
就近喻远。此诗有一小引："妻去青岛看望她的叔父，
昨日归来，带回一只贝壳赠我说：'看见这东西，我就
想起你。你为什么不写一首诗呢？'"

曾经沧海的你
留下一只空壳
海云给你奇异的纹理
海月给你莹莹的珠光

放在耳边
我听见汹涌的波涛
放在枕中
我梦见自由的碧海
流沙河这首《贝壳》是一首咏物诗。中国咏物诗

的传统讲究的是状物即所以喻人。"曾经沧海"妙用成
语，不但暗喻作者饱经世情，包括爱情，更可以联想
沧海桑田的世变。第一段的"你"实咏贝壳，但到了
第二段却转为了"我"，不过我听见、梦见的却返归于
"你"，你所由来，也正是海，你的故乡。这首小品轻
灵工整，首尾相衔，以沧海始，以碧海终：相信卞之
琳见了，也会称善。

诗人置身波上，将此躯之区区全交给烟水的浩浩，
正面来写蓝色世界，那就不是岸边观海之近、以海喻
人之虚可比的了。这时诗人的功力就必须攫住海之所
以为海的感性，甚至知性，才交得了差。且看痖弦的
《远洋感觉》：

　　哗变的海举起白旗
　　茫茫的天边线直立，倒垂
　　风雨里海鸥凄啼着
　　掠过船首神像的盲睛
　　（它们的翅膀是湿的，咸的）
　　晕眩藏于舱厅的食盘
　　藏于菠萝蜜的鲟鱼

藏于女性旅客褪色的口唇

时间
钟摆。秋千
木马。摇篮
时间
脑浆的流动　颠倒
搅动一些双脚接触泥土时代的残忆
残忆，残忆的流动和颠倒

通风圆窗里海的直径倾斜着
又是饮咖啡的时候了

痖弦这首咏海诗不但感性十足，而且意象从古
典转变到现代，中间更以晕船的意识流来承接，末段
两行一笔荡开，余韵不绝。可惊的是，早在二十世纪
四十年代，年轻的辛笛竟写出了感性与知性并兼的这
首《航》：

帆起了

帆向落日的去处
明净与古老
风帆吻着暗色的水
有如黑蝶与白蝶

明月照在当头
青色的蛇
弄着银色的明珠
桅上的人语
风吹过来
水手问起雨和星辰
从日到夜
从夜到日
我们航不出这圆圈
后一个圆
前一个圆
一个永恒
而无涯涘的圆圈
将生命的茫茫
脱卸与茫茫的烟水

黑蝶与白蝶、青蛇与明珠的意象，富于感性。但将洪水世界简化为几何学最完美的圆形，却将经验抽象化了，乃有诗末以茫茫的生命对茫茫的宇宙之格局。《航》恐怕是"五四"以来咏海诗中最深婉的一首。

海洋的广阔、深沉、神秘、多变，海景的壮丽，加上海洋与陆地若即若离、千丝万缕的关系，确为诗人提供了无尽的题材，也是明暗取喻的一大宝库。以海为喻来写爱情，当然倍增浪漫之感。郑愁予的《如雾起时》借瑰丽的海景来妙喻情人的绮思，直到今日仍令读者惊艳：

> 我从海上来，带回航海的二十二颗星。
> 你问我航海的事儿，我仰天笑了……
> 如雾起时
> 敲叮叮的耳环在浓密的发丛找航路；
> 用最细最细的嘘息，吹开睫毛引灯塔的光。
> 赤道是一痕润红的线，你笑时不见。
> 子午线是一串暗蓝的珍珠，
> 当你思念时即为时间的分隔而滴落

我从海上来，你有海上的珍奇太多了……
迎人的编贝，嗔人的晚云，
和使我不敢轻易近航的珊瑚的礁区。

诗中人表面是水手，实际上是情人，但是一路写来，海上的景色与陆上女友的面容体态却互为虚实，相映成趣，其中意象的交射互补，灵活而且生动。例如首段，就航海而言，耳环是虚，它所暗示的船上警钟是实；发丛、睫毛、嘘息也都是虚，所暗示的雾与风才是实。反过来说，就爱情而言，灯塔却是虚写，它所暗示的美目才是实的。末段的编贝、晚云当然是指皓齿与脸晕。珊瑚的礁区当指女友的乳房之类，含蓄得极美，且带点幽默，更暗示这爱情尚在浪漫追求的初阶，不敢冒进。中段用赤道之横与子午线之纵来引出女友搽唇膏的红唇与为他而哭的垂泪，虽以航海的地理为喻，却是两条乌有的虚线，作者竟能无中生有，化抽象为实景，真是匪夷所思，功力不凡。

郑愁予另一首咏海的名作——《水手刀》，却是实写航海的生涯了。此诗寥寥十行，前段写水手的洒脱而不着一"刀"字，只用了四个"挥"字，刀便在其中了。后段写水手的坚毅，只用了四个"被"字，就贯穿航程的磨练了。此诗结构单纯而紧凑，节奏则因这八个叠字的呼应，更于轻快中见变化与顿挫，名不虚传。以下引《水手刀》全诗：

常春藤一样热带的情丝
挥一挥手即断了
挥沉了处子般的款摆着绿的岛
挥沉了半个夜的星星
挥出一程风雨来

一把古老的水手刀
被离别磨亮
被用于寂寞，被用于欢乐
被用于航向一切逆风的
桅篷与绳索……

郑愁予没有做过水手，也未像痖弦那样入过海军，但是凭了他在基隆港务局工作的近水因缘，再加上想象的天赋，却写出了二十世纪五十年代一组咏海的杰

作。不过写水手的诗当然也可以发展写实的风格，例
如李钢的这首《老兵箴言录》：

学会在巨涛狂澜中走荡木吧
学会晕船，学会呕吐
让海魂衫上的海浪翻滚起来
撞你的胸膛，猛烈地撞你的胸膛
呕吐出所有的陆地吧
把一切岛屿都看作船
忘掉岸吧，忘掉岸
否则不是好水兵
凋谢你的蔷薇科的中学时代吧
挥手向带翅膀的信使们告别吧
到船头去，敞开出海服
让海水冲刷掉你的学生味
染蓝你，让海水蓝蓝地染蓝你

熟悉海浪，熟悉海风
熟悉舰长的海洋风暴脾气吧
否则不是好水兵

热爱海

让海藻缠满你的名字

让海蛎子爬满你的名字

热爱海

长出鳃来

长出鳞甲来

像一条鱼那样热爱海吧

否则不是好水兵

比起郑愁予的《水手刀》来，这首《老兵箴言录》结构没有那么严谨，语言没有那么凝练，节奏没有那么灵活，可是李钢的确入过海军，在诗中以老水兵"曾经沧海"的口吻向一个新兵谆谆劝勉，语气亲切感人，在单纯之中仍见想象的活力。他要新兵把自己想成一条鱼，长出鳃与鳞来，话虽无理，却合乎诗情。写海的诗每失之空泛，缺乏咸味。只有老水兵才会说到海藻、海蛎子上面去。李钢的诗风男性而阳刚；另一首阳刚之作，主要的结构纯以一连串十个同位词（appositive）组成，句法排比，势如破竹，末三行则以慢板（adagio）煞住作结。题目《海翅》也十分别致，

我说的正是昌耀的作品，虽然只有九行，却凝练而又
紧凑：

朋友，感谢你给我寄来一角残破的海帆。

是海的翅膀。是风干的皮肉。是漂白的血。

是撕裂的灵旗。是飘逸的魂。

是不死的灰。是暴风之凝华。

是呐喊的残迹。是梦的薄膜。

是远祖神话的最新拷贝。

感谢你给我寄来一角残破的海帆。

可信风平月静的子夜，

海上不再只有垂泪的龙女。

3

这本海洋诗选里列入了两岸的诗人一百三十二位，
其中不乏已故的与犹健的众多名家，值得提出来赏析
评比的咏海佳作当然不止我前述的这寥寥数首，但迫

于出书在即，拙序也不能再发挥了。我要指出，本书选诗虽多，遗珠当仍不少，例如港澳新马的华文诗人就挂一漏万，像香港诗人锺伟民的力作《捕鲸人》曾获"青年文学奖"，就是二十世纪七十年代咏海诗的力作。其次，入选本书的海洋诗，未必是该诗作者最好的海洋诗。例如覃子豪的《我是一个水手》，诗质稀薄，语言松散，排比的句法单调而重复。显然是他大陆时期的少作，远远不及他后期收入《海洋诗抄》里的作品。至于我自己，入选的《高楼对海》一首，虽有海洋的背景，毕竟算不上当行本色的海洋诗。倒是较早的诗，例如《海祭》、《心血来潮》、《望海》等等，较为合适。

我不认为自己是当行本色的海洋诗人。虽然先后在香港和高雄，二十七年来我一直住在海边，一抬头就和窗口的海蓝打个照面，夜深人静，海天之间只剩下我和涛声，我仍然只能算海港诗人或者岸上诗人。其实，这本选集里的作者，大半和我相似，只是有缘近海，对海出神而已，正应了四川人所笑的"旱鸭子"，下不了水，出不了海的。

真要做海洋诗人，用大格局来写有分量的海洋诗，最好还是真正"下海"，向蓝而又咸的帝国去朝拜海神，不，海若。否则就只好寄望于职业的下海人，例如水手、渔人、海军——最好是更深入的蛙人，或是潜艇的水兵——寄望从他们中间产生一位诗人。若是办不到，就只能安于在岸上望洋兴叹。不，也许不必兴叹，只要真是大诗人，或许只凭了关照（contemplation）、深思、想象，偶尔也能巧夺天工，捉到海魂。

我们这些海洋诗，也许还不致怎么愧对古人，但是面对西方海洋文学的盛况，仍远觉不如。英美的两大海洋小说家——康拉德与梅尔维尔，都有多年的远洋航海经验：康拉德做过商船的船长；梅尔维尔不但在捕鲸船上做水手，还弃过船，更遇上过船员叛变。英国桂冠诗人梅士菲尔（John Masefield）小时就上远洋船工作，所写长篇叙事诗《拙画家》（*Dauber*）就是一篇地道的航海诗，其中描写船在风雨中险过合恩角的一幕，紧张而又壮阔，只有真正行家才写得出来。此外，拜伦习于航海，才写得出《海罗德公子游记》和《唐璜》那样的大格局长诗。即连只出过两次远门的柯立基，也写过神奇的六百行长诗《老舟子咏》。

其实在西方文化里，海洋不仅是文学的重要主题，更是音乐与绘画常常表现的对象。我们立刻想到杜布西的交响诗《海》(*La Mer*)和林姆斯基·科沙克夫的交响曲《喜哈剌雪德》(*Scheherazade*)。至于画海景的大师，则应推英国的窦纳（J. M. W. Turner）。中国文化里似乎提不出如此多彩多姿的海洋美感。儒家哲学认为"仁者乐山，智者乐水"。难道海洋在我们的文艺中久受冷落，真是由于华夏子孙欠缺智慧？我们如果不服气，就应写出更多、更好、更宏大的海洋诗来。

二〇〇二年一月于港都高雄

中文世界的巍巍重镇

——序《中华现代文学大系：台湾，一九八九—二〇〇三》

1

三十年来，我为自己担任总编辑的文学大系先后撰写三篇总序：第一次是为巨人版的《中国现代文学大系》，第二次是为九歌版的《中华现代文学大系：台湾，一九七〇至一九八九》，这一次已是第三次了。前两部大系取材的时间各为二十年，眼前这第三部大系涵盖的时间只有十五年，正接上前一部大系，像是续集；但在另一方面，虽然踏进了新的世纪，却刚过门槛而已，未能深入，所以又像是世纪末的骊歌。

三部大系涵盖了五十年，恰为二十世纪的后半。这样的总序，我觉得越来越难写，因为这世界越来越混乱，越来越复杂，说得乐观些就是越来越多元，所以矛盾的价值观越来越令人难以适从。尤其是近十年来的剧变，更令人感到世纪的窄门难以过关。

本大系涵盖的这十多年，开始似乎绽放过曙光：一九八七年，蒋经国在去世前一年宣布解严，并开放报禁与党禁。李登辉继任后，新闻与言论渐享充分的自由。两岸交流也从此开始。一九九〇年柏林墙倒，翌年苏联解体，冷战时代乃告结束。

后来的发展得失互见，但是进少退多，例如"国会"虽然汰旧换新，唯"修宪"多次，"总统"竟有权无责，容易独裁。自由泛滥、民主粗糙，法治却远远落后。选举频频，不仅劳民伤财，派别对立，而且贿选猖獗，后患无穷。我定居了十八年之久的高雄，本届市议会之选举竟以普遍的贿选丑闻下场，足以见证，我们的民主橱窗是以千元的蓝色台币装饰而成的。两千年的政党轮替也以美丽的憧憬开始，但三年之后似乎都令人失望：政府、议会、经济、教育、治安、家庭、环境等等相继出了问题，不是乐观的学者或善辩的政客用什么"多元"、"开放"、"转型"等泛词所能推托。近几年更有"九二一"的天灾、SARS 的人祸，加上天天见报的畸形乱象，轮番来打击我们的身心。台湾，早已沦为"超载之岛"，不知该如何负担这一份不可承受之重压。

这一切，我们的作家们"反映"得了吗？

2

上一部大系有诗二册、散文四册、小说五册、戏剧二册、评论二册，合为洋洋十五大册，不愧文学史的盛事。新出的这一部则有诗二册、散文四册、小说三册、戏剧一册、评论两册，共十二册：规模似乎缩小了，但因时间只有十五年，其实反而选得更密。相比之下，新大系的诗卷、散文卷、评论卷篇幅未减，而是小说减了两册，戏剧减了一册。结果在新大系中，散文变成了最大的文类。这是中文文坛与英文文坛在文类学上的一大差异。

在英美的现代文学里，最受瞩目的文类依次是小说、诗、戏剧；在批评家的眼中，散文，尤其是台湾盛行的抒情散文，简直可有可无。prose 在英文里可以泛指诗以外的一般作品，有时甚至包括小说。一位美国学者看见我的英文简介说有十多种的 prose 作品，问我写的是什么样的小说。只要查一查二十年来诺贝尔文学奖得主的名单，就会发现，除了保加利亚的卡内提写过自传、游记、论述之类的散文外，其他全是诗人、小说家、戏剧家。

阿根廷作家博而好思（J. L.Borges，即波尔赫斯）在英美文坛以小说与诗闻名，但在国内，甚至在整个拉丁美洲，却以他的散文最受推崇。一九九九年，企鹅丛书出版英文译本的博而好思《非小说文选》（Jorge Luis Borges: *Selected Non-Fictions*），编者兼译者温伯格（Eliot Weinberger）在序言里即指出："二十世纪的英文文学里，散文只是次要的角色，这情形不见于别的许多语文。散文（在英语世界）几乎没有人来评论，而除了述及其内容之外，散文究竟该如何解读，既无公论，亦无纷争。目前（在英语世界），散文大致上是以其次属的文类呈现——回忆录、游记、报刊杂文、书评、论文——至于博而好思笔下这种左右逢源的逍遥散文，除了同仁小刊物之外，在一般期刊几已绝迹。但在非英语的世界，散文的风格变化无穷，日日刊登在报纸的副刊或是有销路又有水平的期刊上面。"

　　散文不但在我国的古典文学是主流文类，"五四"以来，也一直盛行不衰，今日更成为台湾文学的一大支柱，不但作家辈出，而且读者众多，近年更广受大陆读者欢迎。然而奇怪的是，尽管如此，散文在台湾的受评量，却远远落后于小说与诗。例如新大系的评论卷，在六十六篇文章里，论散文的只得八篇，但是论小说与诗的，却各为二十三篇与十九篇。

　　究其原因，也许是散文比较平实，不像小说与诗那么仰仗技巧，有各种主义、各种派别之类的术语可供运用。以中国的美学来看，诗与小说可以在虚实之间自由出入，相互印证，散文则实多于虚，较少虚实相生之巧。评论家面对本色天真的散文，似乎无计可施，甚至不值得细究。何况学府出身的评论家大半师承西方评论的当红显学，西方既然漠视散文，则学徒的工具箱里恐怕也难找应付散文的工具吧。

3

　　新大系的小说卷由以前的五册减为三册，篇幅上似乎是缩小了，但在文类上却更变化多姿。以前的小说卷，在二十世纪七十与八十年代的二十年间选出了一百一十八篇小说，原则上都是短篇，最长也不过近于中篇。其实尔雅版出了三十一年的年度小说选，所收也都是短篇。小说的天地非常广阔，能在其间成为大师，像狄更斯、托尔斯泰、乔伊斯、福克纳者，想必是因为有长篇的扛鼎力作。尽管鲁迅的庞大背影笼罩着中国文坛，论者认为他提不出长篇小说，毕竟遗憾。毕竟我们还出过曹雪芹这样的巨匠，不让中国的文学史大幅留白。马森召集的编辑小组，不惜投注心血，能在十五年来的长篇巨制里选出可供观赏的段落，独成一册，多少可以展示我们的小说家里有哪几位对生命与社会有更持续的宏观。这种更多元、更立体的呈现方式，当令读者视野一宽。这样的摘取，以前的小说卷也曾偶尔做过，例如李永平的《好一片春雨》等两篇，其实都摘自他的长篇《吉林春秋》。不过这一次马森在目录中特别标明，遂觉别有气象。

　　马森在小说卷的序言里对编选的标准、作者的背景、作品的主题与风格，都有清晰而详尽的交代，论述的视野兼顾了宏观与微观。作者的身份从宽认定：只要能用中文写出佳作，经常或首先在台发表，读者印象颇深，评家经常注意，甚至得过大奖，即使身份是外籍，也不常在台湾，仍能得到认定。因此来自大陆的高行健、严歌苓，来自香港的西西、黄碧云，甚至来自马来西亚而从未在台湾生活的黎紫书，都入了小说卷。但其它各卷就没有如此"好客"，否则同样在台出书也受到肯定的作家如余秋雨、北岛等，也许亦能纳入散文卷与诗卷。

　　马森的序言把二十世纪九十年代的小说依风格与发展顺序分为写实路线、现代主义、后现代主义三种，并各举出若干代表人物；结果前两种风格各约十位，后一种风格独占二十位左右。但是小说卷入选的作者共有六十六位，可见难以归类的中间分子仍在三分之一以上。马森自己也立刻声明：如此分类"仅指入选的作品而言，并非说以上作家其它的作品皆系如此。同一作家写出不同美学风格的作品不足为奇，而同一篇作品也可能含容不同的美学倾向"。

　　台湾的浅碟文化与进口理论的流行交替，令许多英雄豪杰幻觉今是而昨非。新批评、存在主义、比较文学、失落的一代、嬉皮文化……一波又一波此起彼落。所谓"全球化"，不过是美国化加上西欧化而已。"后之视今，亦犹今之视昔。"然则今日以为至善之真理，未来未必如此。马森说得好："荒谬得煞有介事也就是后现代的一种态度。"但这件事情在中国文学里也不见得没有先知：《红楼梦》第一回就说了，"满纸荒唐言，一把辛酸泪。都云作者痴，谁解其中味？"从卡夫卡的变形到博而好思的迷宫，不都是中国成语的"痴人说梦"吗？林明谦的《挂钟、小羊与父亲》说到兴头上，忽然打岔说："小说才进行了一半左右，请耐心阅读。"我们不会立刻想到中国的章回小说里，说书人早就站到前台来说："欲知后事如何，且听下回分解"吗？

　　荒谬的主题或是反主题，当然还有满纸的空间可供梦游。另一方面，虚无之舟也不妨落现实之锚。艺术之虚实相生，犹如自然之阴阳互替。如果没有阳间，则阴间未免单调：奥菲厄斯去下界抢救爱妻的故事，必须到阴阳交界才有高潮。因此写实的小说也不可缺席，否则失去了人间，满天神佛似乎也有点空洞吧。所以朱西宁、黄春明等写实重镇之入选，也颇具"镇纸"（满纸荒唐言）之功。我们不免想到在主题上，写实的天地也还有不少经验似乎可以开发。根据马森序中的分析，小说卷中处理同性恋与其相关主题的作品，至少有六篇，而且"文墨华彩，炫人眼目，堪称一代精华"。令人想起《孽子》一书近日在台湾文坛的风光，不禁叹息先烈王尔德早生百年的遗恨。同性恋曾是弱势的边缘经验，但台湾经验之中，同为弱势的目前就有外劳，而同为边缘的还有台商，两者各牵涉数十万人口，值得我们的作家关切。我曾戏言自己近年在大陆出书，版税不多，却超过台湾萎缩书市之所得，也可以算是隔海兜售的"台商"了。台湾文友在对岸出书的不少，听吾此言，当发一苦笑。商场与业界的兴衰故事，说得好一样动听，茅盾的《子夜》在这方面可惜没有写好，高阳的《红顶商人》却引人入胜。

4

白灵为新大系诗卷所写的序言，指出这十多年来台湾诗人进入了"不确定"的困境，一方面因多元开放而增加许多"可乘之机"，一方面却因此承担更多的焦灼、分割与迷惑。本土化与全球化的压力都无可避免：意识正确要你走"一条诗路通人心"；全球大势要你走"条条诗路无不通人心"。前一条路导向写实，后一条路导向后现代。白灵的序言充满了危机意识，他认为老一代诗人株守平面，不肯上网；少一代诗人优游网络，不肯下网，苦了他中年的这一代有心人有心牵网而无法牵合。所以他怀抱"极大的隐忧"，担心"印刷路"与"网络桥"终会背道而驰，因为新世代诗人只相信鼠标，并不在乎词句冗长、回行处处，却耽于咒语、口语、浅语，把修辞当作儿戏。他更指出，"后现代社会'去中心化'、'消解正统化'后的表现模式：由本质走向现象、从真实走向虚拟、自深层走向表层、弃所指而追求能指、讽真理而寻文本的种种特质……与前行代之着重历史感、价值感、意义性、象征性的形式化表现有所不同。"

总而言之，所谓后现代的这一切想法、做法，都是要颠覆、架空、丑化所有传统的价值与秩序，"唯恐天下不乱"。但是它只有消极的拆台，没有积极的目标，无可无不可，破而不立，只留下共存杂交的残局，并无革命的兴奋。也许革命啦、恢复秩序啦等等都已成了过时的价值、可笑的陋习。然而后现代之含混，也正在它与现代主义之暧昧难分：例如要颠覆传统之一切价值，早在一次大战时就已有达达主义了；要在虚实之间出入无阻，乃是步超现实之后尘。只是达达与超现实毕竟还是画家与诗人凭自身的潜意识来创造，而新世代的诗却可随科技的精灵，那鼠标的诱引，扶乩一般地向虚拟的空间去寻求。

白灵说网络诗之盛如潮，"诗之平民化"当下即可实现。在民主的时代，科技提供了全民参与创作及表演的机会，当然很公平。但机会只是起点而非终点，任何艺术，包括诗，有了星星之火的一点创意，如果未经勤修苦练，至于熟能生巧，则只能算是游戏，还够不上艺术。游戏不失为有益健康的发泄，却不能径称艺术，正如卡拉OK的伴唱设备，对于歌喉发痒的顾客不失为可以助兴的发泄，却不能保证他成为够格的歌手。所以《台湾诗学季刊》半年张网而得诗三千，还有劳苏绍连效孔子之删诗，才能去芜存菁，像平面刊物那样。

从前普罗文学的理想，不但要求为普罗大众写作，甚至提倡由普罗大众自己来写，江青的小靳庄文学便是一例。如今网络大开，诗门不闭，在苏绍连与须文蔚的细心培养下，希望真能出现一些青年新秀。据说上网诗人的年龄很快就降到十二三岁，他们不去摇头、飙车，却来网上飙诗，还是可爱的。不过今日少年开始做许多令人不安的事，年龄也都提早了。

网诗正盛，而前行代的平面诗人竟有不少半途而退，也令白灵深感不安。他在序言中指出，"诗卷续编出版时，才历经十五年，一九八九年（前大系）版的九十九位诗人竟然已有四十二人不在二○○三年（新大系）版的名单上，'折耗率'高达百分之四十二点四。"

我倒要安慰白灵说，到了新大系，前大系入选的散文家九十位中，有五十八位未再续选；小说家七十位中，四十五位退席；评论家五十九位中，四十二位不留；至于剧作家十位，则全部换了：其"折耗率"依次为百分之六十四、六十四、七十一、一百。可见诗人还是比较敬业或是经老，或是转行不易，缪斯的香火算是稳定的了。白灵序中又说，诗人上网之后，女性的比例激增，例如二〇〇一年出版的《九十年代诗选》，八十位作者中女性仅十三位，但同年出版的《诗路二〇〇一网络诗选》，五十四位作者女性即占二十五位。可是在新大系中，他所主编的诗卷，一〇一位作者里仅有二十位女诗人，占五分之一。这比例在新大系各文类之中仍是最低，因为散文卷七十四位作者，女性占三十二；小说卷六十六位作者，女性占二十六；评论卷六十二位作者，女性占二十二：依次各占二分之一弱、三分之一强、恰好三分之一。剧作家六位，全无女性。与前大系的情况一样，女作家在台湾文坛，表现最出色的文类仍在散文与小说。但是女学者在评论上的成长值得注意，因为前大系的评论卷共有五十九位学者，女性仅得八位。

5

散文的半边天不但有赖女作家来顶住，即连巨人版（一九五〇—一九七〇）与九歌版（一九七〇——一九八九，一九八九—二〇〇三）一脉相承的三部大系，其丰美的散文卷也一直由女作家来主编。九歌版这部新大系亦即续大系的编辑之中，只有张晓风和我是三朝遗老。身为散文家，她把这篇散文卷的序言写成了一篇寓知性于感性的散文，是再自然不过的事了。当年她参与巨人版的编务，还未满三十，却已夙慧早熟，今日遽称之为"遗老"，也未免太"早熟"了，不过在这篇序言里她俯仰的竟是迟暮，世纪的迟暮，指点的竟是沧桑，文坛的沧桑。一路读来，我舌底似乎留下了《离骚》的苦涩。

张晓风指出，"这本选集是在台湾大环境十分低迷之际选成的。"她所谓的"低迷"，该是由许多因素造成：或因政治正确的本土化，加上国际接轨的全球化，有意无意将中间的民族文化架空，且在中文程度日降的今天反而要强调全面学英文。或因文学书市萧条，反而轻薄短小媚俗求销的出版品当道，不少新进避重就轻，随机乘势，上下排行，商业挂帅，广告与评论难分。或因科技方便，网络畅通，在泛民主的机会均等之下，人人得而为作家，谁肯耐心苦练呢。于是别字何必计较，不通反成"异化"，简洁、结构、意象、音调等等不过是传统的包袱。日记与作品不分，练琴室且当演奏厅，游戏啦，何必当真。张晓风担忧地说："如果没有书写，如果不爱阅读，如果书本成为上世纪的古董，如果年青一代只知图像而不知书香，我们只好招来仓颉，请他把这些美丽的文字元素送到别个星球上去吧！"

科技进步超前，终于会结束或至少削弱平面阅读与创作的传统吗？麦克鲁亨早就预言："什么样的媒体就传来什么样的消息。"方式与内容，法与道，是不可分的。张晓风的担忧正是白灵的警告，但白灵的苦谏似乎带一点威胁："年轻一辈诗人……更浓烈呛鼻式的后现代气息，如果不把脑瓜子准备好，则只有挨闷棍子的份。"似乎言重了吧，风格与美学的演变毕竟不是政党轮替，更非红卫兵呼啸着破四旧而来。两岸都可以交流，印刷平面与网络幻境难道要战争吗？

6

平面印刷的散文、小说、诗，面临网络的挑战，但立体的剧场本身也是一个虚拟的空间，施法的对象不是读者而是观众，倒不怕鼠标入侵。微妙的是，剧本却是平面印刷，是书，是通向剧场幻境的隧道而已。其关系好像乐谱与现场演奏。所以鸿鸿在戏剧卷的序言里说："剧场脱文学之钩，向视听艺术靠拢，已成事实。"足见戏剧的创意无论如何微妙，它仍然得下凡来，来剧场与观众之间完成其表演艺术的任务，所以也必须借助科技之神功魅力。

胡耀恒指出，"正因为主要的诉求对象比较年轻，近年来的演出愈来愈趋向综艺……西方两千五百年的戏剧，每代都运用着当时最先进的科技制造演出效果，却未曾影响它的思维深度……我们需要诚诚恳恳地想想，是综艺打扰了深度，或是综艺只在掩盖肤浅。"

纪蔚然的序言井井有条，抉出台湾剧场面临的困境。首先，它被淹于世纪末"众声喧哗"的嚣张噪声，面对全球化挟势凌人的消费文化与文化商品化，一时无所适从。于是剧场借力使力以求寓雅于俗，结果却是"从俗、媚俗"：剧团老去而观众青春不改，"为了迎合年轻观众的口味，剧团的走向愈趋反智，愈趋综艺"。

　　所幸戏剧卷的编辑小组仍能选出各具创意且又"脱俗"的六部剧本。胡耀恒这样结束他的序言："要改变这种情势，第一是整体经济好转，第二是政治挂帅变成文化挂帅。"

7

　　胡耀恒以两厅院主任的阅历发此感慨，该是郁卒多年的"行话"。综观诗、散文、小说、戏剧四大文类的序言，虽然隔行隔山，各说各话，事先不可能"串供"，但是所道的"瓜苦"，竟然颇有相通。马森报导后浪之来，比较温柔敦厚，但也忍不住如此进谏："不管语言的特殊风格来自方言，抑或来自外语，如果使用得当，的确可以形成个人的风格，增加文字的魅力。但使用翻译体的负面影响是作品失去民族风味，读来像是翻译的小说。设若连人物的行动与社会背景都西化到难分中西之境，那真使创作与译文难辨了。"

马森之言，没有谁比我更赞成的了。记得曾在某新锐小说家的作品里见过这么一句话："他为自己倒了一杯咖啡。"我只想提醒马森：一位够格的译者绝对不会译出这样的句子。至少我不会，杨绛、乔志高、思果更不会。

最有趣的或者（用一个流行的形容术语）最吊诡的是，评论卷的序言却不言"瓜苦"。在台湾的评论家尤其是文学史家之中，实在罕见李瑞腾这么博览、包容而又井然的了。这种三合一的美德，也见于他所推崇的另两位评论家：陈芳明与王德威。这样的评论家手握文学宝库的金钥匙，里面有多少珍宝他们都晓得，只要是真品都不会不管，要拿的时候手到擒来，因为早就整理好了。

李瑞腾就是这样：再复杂的文坛、再两极的意识、再敏感的时代、再交错的史料，他都能耐下心来，探索到坐标与重心，整理出一个各方都能接受，至少都能忍受的秩序来。他所召集的评论卷编辑小组，要在表面限于十五年而其实来龙去脉牵涉深广的断代之中，搭出一个鹰架、一条龙骨，好把文学史、文体论、主题论、作家论等等的论文，各就其位而又互相呼应地列上架去。其结果便是井然有序的这两册评论卷，六十六篇文章分属总类、小说、散文、诗四组，其论题则从姜贵的《重阳》到白先勇的《孽子》，从台语文学到女性诗学，从散文地图到副刊大业，从"原住民"文学到眷村小说，如此的众声喧哗竟然鸡兔同笼，不，对位又和声地包容在世纪末的交响曲里。正好说明，台湾文学之多元多姿，成为中文世界的巍巍重镇，端在其不让土壤，不择细流，有容乃大。如果把这两册评论卷，甚至整十二册的这部新大系里，非土生土长的作家与作品一概除去，留下的恐怕无此壮观。

8

这部新大系编选得如此精当，而又能及时推出，全要归功于五个分卷编辑小组的十五位编辑委员，尤其是五位写序的召集人。比较特别的是戏剧卷，这文类的评论未列于评论卷中，但其三位编辑——胡耀恒、鸿鸿、纪蔚然却各写了一篇序言，可补评论卷中之缺席。

当然我们还得感谢，新大系有此充实华美的阵容，全靠五种文类三百零九位作家与学者来鼎力赞助。三百零九乃计人次，一人而入数卷者亦有若干，但仅仅计人亦当在两百以上，离三百不远。另一方面，也有不少杰出的作家原应列入，却为了客观的或是主观的原因成为遗珠，令人怅憾。有选必然有遗，完美的选集世上罕见。《唐诗三百首》竟漏了李贺、张若虚、陆龟蒙，但是我们无奈漏掉了的作家，英文所谓"缺席如在"（present in absence），对台湾文学而言，其分量当犹胜李贺。

至于对选入的这两百多位作家，这部世纪末的大系是否真成了永恒之门、不朽之阶，则犹待岁月之考验。新大系的十五位编辑和我，乐于将这些作品送到各位读者的面前，并献给漫漫的二十一世纪。原则上，这些作品恐怕都只能算是"备取"，至于未来，究竟其中的哪些能终于"正取"，就只有取决于悠悠的时光了。

二〇〇三年七月于高雄西子湾